La ballade de la balle élastique

ŒUVRES PRINCIPALES

Carrie
Shining
Danse macabre
Cujo
Christine
L'année du loup-garou
Salem
Creepshow
Peur bleue
Charlie
Simetierre
La peau sur les os
Différentes saisons
Brume - Paranoïa
Brume - La Faucheuse
Running Man
ÇA
Chantier
Misery
Marche ou crève
La tour sombre-1
La tour sombre-2
La tour sombre-3
Le Fléau
Les Tommyknockers
La part des ténèbres
Bazaar
Rage
Jessie
Dead Zone : l'accident
Dolorès Claiborne
Minuit 2
Minuit 4
Rêves et cauchemars

Stephen King

La ballade de la balle élastique

suivi de

L'homme qui refusait de serrer la main

Traduit de l'américain
par Michèle Pressé
et Serge Quadruppani

Librio

Texte intégral

Extraits de *Brume*
titre original : *Skeleton Crew*

Cette édition est publiée par EJL
avec l'aimable autorisation des Éditions Albin Michel

LA BALLADE
DE LA BALLE ÉLASTIQUE

Le barbecue était terminé. On s'était régalé ; des boissons, des côtes de bœuf saignantes cuites au feu de bois, une salade verte assaisonnée comme Meg savait le faire. Ils avaient commencé à 5 heures. Maintenant il était 8 heures et demie et la nuit était sur le point de tomber. C'est à ce moment qu'une grande soirée commence à s'animer. Mais ce n'était pas une grande soirée. Ils étaient seulement cinq ; l'agent et sa femme, le jeune écrivain adulé et la sienne, et l'éditeur du magazine ; il avait une petite soixantaine mais paraissait plus vieux. L'éditeur restait fidèle au Fresca. Il avait eu des problèmes d'alcoolisme, avait confié l'agent au jeune écrivain, avant son arrivée. C'était du passé maintenant, mais son couple aussi... c'est pour cela qu'ils étaient cinq et non six.

Tandis que l'obscurité envahissait le jardin situé à l'arrière de la maison du jeune écrivain, en bordure du lac, au lieu de s'animer, ils basculèrent dans l'introspection. Le premier roman du jeune écrivain avait été accueilli favorablement par la critique et s'était bien vendu. C'était un jeune homme chanceux et il le reconnaissait volontiers.

La conversation avait glissé avec une sorte de gaieté macabre de l'évocation du succès précoce du jeune écrivain aux auteurs qui avaient fait leurs preuves de bonne heure puis s'étaient suicidés. On évoqua Ross Lockridge et Tom Hagen. La femme de l'agent mentionna Sylvia Plath et Anne Sexton et le jeune écrivain déclara qu'à son avis

Plath ne pouvait être considérée comme un *auteur à succès.* D'après lui, elle ne s'était pas suicidée parce qu'elle était célèbre : elle était devenue célèbre parce qu'elle s'était suicidée. L'agent sourit.

– S'il vous plaît, est-ce que nous ne pourrions pas changer de sujet ? demanda la femme du jeune écrivain avec une certaine nervosité.

– Et la folie, poursuivit l'agent sans tenir compte de son intervention. Il y a eu ceux que le succès a rendus fous.

Son intonation était douce et néanmoins théâtrale comme celle que garde un comédien une fois la scène quittée. Lorsque l'éditeur prit la parole, la femme de l'écrivain allait à nouveau protester – elle savait que son mari n'aimait pas seulement ces questions afin de pouvoir en plaisanter mais qu'il voulait en plaisanter parce qu'elles l'obsédaient. Ce qu'il dit était tellement étrange qu'elle en oublia de réagir.

– La folie est une balle élastique.

La femme de l'agent eut l'air interloquée. Le jeune écrivain se pencha, moqueur.

– J'ai déjà entendu cela quelque part.

– Bien sûr, répliqua l'éditeur, cette expression, l'image de la « balle élastique », est de Marianne Moore. Elle l'utilise quelque part pour décrire une voiture. J'ai toujours pensé que c'était une excellente définition de la folie. La folie est une sorte de suicide mental. Les médecins n'affirment-ils pas que la mort de son cerveau est le seul critère qui permette de diagnostiquer la mort d'un individu ? La folie est une sorte de balle élastique qui atteint le cerveau.

La femme du jeune écrivain se dressa d'un bond.

– Y a-t-il un candidat pour un autre verre ?

Personne.

– Eh bien, moi, je vais en prendre un si nous continuons à parler de cela.

Et elle s'éloigna pour se servir.

– À l'époque où je travaillais au *Logan's,* on m'avait un jour soumis un récit, poursuivit l'éditeur. Évidemment ce journal a connu le même sort que le *Collier's* et le *Saturday Evening Post,* mais il a tenu plus longtemps qu'eux. (Il nota cela avec une pointe d'orgueil.) Nous publiions trente-six nouvelles par an, au moins, et chaque année quatre ou cinq d'entre elles étaient sélectionnées pour figurer dans un recueil des meilleures nouvelles de l'année. Et les gens les *lisaient.* Quoi qu'il en soit, celle-ci s'intitulait « La Ballade de la balle élastique » ; l'auteur en était un certain Reg Thorpe. Il avait à peu près l'âge de ce jeune homme et était à peu près aussi célèbre.

– Il a écrit *Les Mafiosi,* n'est-ce pas ? demanda la femme de l'agent.

– Oui. Étonnant témoignage pour un premier roman. Excellentes critiques, ventes non négligeables, tant en collection reliée qu'en édition de poche, le Club du Livre et tout. Même le film fut assez réussi, un peu moins toutefois que le livre. Nettement moins, même.

– J'ai adoré ce livre, dit la femme de l'auteur, reprise par la conversation malgré elle.

Elle avait l'air agréablement surpris de quelqu'un qui vient juste de se rappeler quelque chose qui lui était sorti de l'esprit depuis longtemps.

– A-t-il écrit autre chose depuis ? J'ai lu *Les Mafiosi* du temps où j'étais à l'université et c'était... bien, mais c'est trop lointain pour que j'en garde un souvenir précis.

– Vous n'avez pas pris une ride depuis, s'écria la femme de l'agent avec chaleur, bien qu'au fond d'elle-même elle pensât que la femme du jeune écrivain portait un bain-de-soleil étriqué et un short trop moulant.

– Non, il n'a rien écrit depuis, continua l'éditeur, si ce n'est la nouvelle dont je vous ai parlé. Il s'est suicidé. Il est devenu fou et s'est suicidé.

– Oh, dit la femme du jeune écrivain d'une voix chavirée. On y revient.

– Est-ce qu'elle a été publiée ? s'enquit le jeune écrivain.

– Non, mais pas parce que l'auteur était devenu fou et s'était suicidé. Elle ne l'a pas été parce que l'*éditeur* est devenu fou et *a failli* se suicider.

L'agent se leva soudain pour remplir son verre qui, pourtant, n'avait guère besoin de l'être. Il savait que l'éditeur avait fait une dépression nerveuse durant l'été 1969, peu avant que le *Logan's* ne sombrât dans un océan d'encre rouge.

– L'éditeur, c'était moi, précisa l'éditeur aux autres. D'une certaine façon nous sommes devenus fous ensemble, Reg Thorpe et moi, bien que je fusse à New York et lui à Omaha et que nous ne nous fussions même jamais rencontrés. Son livre était sorti depuis six mois quand il est parti là-bas pour se « remettre la tête en place », comme il disait à l'époque. Je connais ce versant de l'histoire par sa femme que je vois de temps en temps lorsqu'elle séjourne à New York. Elle peint, pas mal du tout ma foi. Elle a eu de la chance. Il a failli l'emporter avec lui dans la mort.

L'agent regagna sa place et s'assit.

– Ça me rappelle quelque chose maintenant, dit-il. Pas seulement sa femme, n'est-ce pas ? Il a tiré sur deux autres personnes dont un enfant.

– C'est exact, répondit l'éditeur. C'est justement l'enfant qui a été à l'origine du drame.

– L'*enfant* à l'origine du drame ? demanda la femme de l'agent. Que voulez-vous dire ?

Mais la physionomie de l'éditeur signifiait qu'on ne lui tirerait pas les vers du nez. Il parlerait mais n'accepterait aucune question.

– Je connais mon versant de l'histoire car j'en ai été l'acteur, dit l'éditeur. J'ai eu de la chance moi aussi. Beaucoup de chance. Il y a quelque chose d'intéressant dans le fait d'essayer de se tuer en se pointant un pistolet contre la tempe et en appuyant sur la détente. Vous pensez sans doute à ce moment-là que c'est une méthode infaillible, plus efficace que d'avaler des comprimés ou de s'entailler les veines, mais ce n'est pas vrai. Quand vous vous tirez une balle dans la tête, vous ne pouvez jamais être sûr de ce qui va se produire. La salope peut ricocher sur le crâne et tuer quelqu'un d'autre. Elle peut faire tout le tour du crâne et ressortir de l'autre côté. Elle peut se loger dans le cerveau, faire de vous un aveugle mais vous laisser en vie. On peut très bien se tirer dans la tête avec un P. 38 et se réveiller à l'hôpital. On peut aussi se tirer dans la tête avec un calibre 22 et se réveiller en enfer... s'il existe. J'ai tendance à croire qu'il se trouve ici, sur Terre, peut-être dans le New Jersey.

La femme de l'écrivain eut un rire aigu.

– La seule méthode infaillible pour se tuer consiste à sauter d'un immeuble très haut et celle-là, seuls les plus extraordinairement déterminés l'utilisent. Ça dégueulasse tout, n'est-ce pas ? Mais je veux simplement en venir à ceci : quand vous essayez de vous suicider avec une balle élastique, vous ne savez pas vraiment ce qui va en résulter. En ce qui me concerne j'ai sauté d'un pont et je me suis réveillé sur un quai jonché de détritus avec un camionneur qui me tapait dans le dos, me levait et baissait les bras comme s'il n'avait que vingt-quatre heures pour se mettre en forme, comme s'il me prenait pour une machine à ramer. Pour Reg, la balle fut mortelle... Il... Mais je vous raconte cette histoire sans savoir si vous avez envie de l'écouter.

Dans l'obscurité naissante il leur jeta tour à tour un coup d'œil interrogateur. L'agent et sa femme échangèrent un regard hésitant et la femme de l'écrivain était sur le point de dire qu'à son avis leur conversation avait déjà été suffisamment morbide jusque-là lorsque son mari répondit :

– J'aimerais bien l'entendre. Si des raisons personnelles ne vous empêchent pas de nous en faire part, bien sûr.

– Je ne l'ai jamais racontée, répondit l'éditeur, mais ce n'est pas pour des raisons personnelles ; peut-être n'ai-je jamais eu l'auditoire *ad hoc*.

– Alors allez-y, dit l'écrivain.

– Paul, intervint sa femme en posant une main sur son épaule, ne crois-tu pas...

– Je t'en prie, Meg.

– La nouvelle, commença l'éditeur, échoua dans la boîte aux lettres, à l'époque où le *Logan's* ne lisait plus les manuscrits envoyés spontanément. Quand ils arrivaient, une jeune fille se contentait de les glisser dans l'enveloppe-réponse avec ces lignes : « À cause de l'augmentation des coûts et de l'augmentation des difficultés rencontrées par la rédaction face à l'augmentation incessante du nombre de manuscrits qui lui parviennent, le *Logan's* ne peut plus lire ceux qui lui sont envoyés spontanément. Nous espérons que votre travail sera accepté ailleurs. » Quel joli baratin, n'est-ce pas ? Il n'est pas facile d'employer trois fois dans la même phrase le mot augmentation, mais ils y étaient arrivés.

– Et s'il n'y avait pas d'enveloppe-réponse l'œuvre finissait à la poubelle, n'est-ce pas ? dit l'écrivain.

– Oh, bien sûr. La pitié n'existe pas dans la jungle de la ville.

Une curieuse expression de malaise flotta un instant sur le visage de l'écrivain : l'expression de quelqu'un qui se retrouve dans un piège à tigres où des douzaines d'hommes plus vaillants que lui ont déjà été mis en pièces. Il n'a pas vu encore un seul fauve mais il sait qu'ils sont là et que leurs griffes sont toujours acérées.

– Quoi qu'il en soit, continua l'éditeur en sortant son étui à cigarettes, la nouvelle arriva et la fille responsable du courrier la sortit de l'enveloppe, agrafa le formulaire de refus à la première page et elle s'apprêtait à la glisser dans l'enveloppe-réponse lorsqu'elle jeta un coup d'œil sur le nom de l'auteur. Oui, elle avait lu *Les Mafiosi*. Cet automne-là, tout le monde l'avait lu, était en train de le lire, était sur la liste d'attente de la bibliothèque ou en cherchait la version en édition de poche sur les rayons du drugstore.

La femme de l'écrivain avait remarqué sur le visage de son mari un malaise passager ; elle lui prit la main. Il lui sourit. L'éditeur alluma sa cigarette avec un Ronson en or et dans l'obscurité grandissante tous purent voir son air hagard – les poches flasques sous les yeux, écailleuses comme de la peau de crocodile, les joues crevassées, le menton du vieil homme se détachant de ce visage sur le retour telle la proue d'un navire. Ce bateau, pensa l'écrivain, s'appelle la vieillesse. Personne ne veut s'embarquer dessus, mais ses cabines sont pleines. Et ses coursives aussi.

Le briquet s'éteignit et l'éditeur tira sur sa cigarette d'un air pensif.

– La jeune fille du courrier qui a lu cette nouvelle et l'a fait circuler au lieu de la réexpédier est maintenant rédactrice à part entière chez Putman's Sons. Son nom n'a pas d'importance ; ce qui compte c'est que sur le grand graphique de la vie son vecteur a croisé celui de Reg Thorpe dans la salle du courrier du magazine *Logan's*. Sa courbe était ascendante alors que celle de Thorpe descendait. Elle a fait lire la nouvelle à son patron qui me l'a envoyée. Je l'ai lue et aimée. Elle était vraiment trop longue, mais j'ai vu que l'on pourrait la dégraisser de cinq cents mots sans effort. Et ce serait parfait.

– De quoi parlait-elle ? demanda l'écrivain.

– Vous ne devriez même pas avoir besoin de le demander, répondit l'éditeur, tout cela s'insère parfaitement dans le contexte.

– Il s'agissait de la folie ?

– Oui, absolument. Quelle est la première chose qu'on vous apprend lors du premier cours de création littéraire à l'université ? Écrivez sur ce que vous connaissez. Reg Thorpe, parce qu'il s'y était engagé, en connaissait un bout sur les chemins de la folie. La nouvelle m'a probablement plu parce que je m'y étais moi aussi engagé. Maintenant vous pourriez objecter – si vous étiez éditeur – que la seule chose que les lecteurs américains n'ont pas besoin qu'on leur refile c'est une histoire de plus sur le thème : « Comment devenir fou avec classe en Amérique ? » Grand A : « On ne se parle plus. » Thème populaire de la littérature du XXe siècle. Tous les grands s'y sont essayés et tous les mauvais l'ont massacré. Mais cette histoire était drôle. Elle était même vraiment tordante. Je n'avais jamais rien lu de semblable auparavant et n'ai plus jamais rien lu de pareil. Ce qui s'en rapprocherait le plus, ce seraient quelques nouvelles de F. Scott Fitzgerald... et *Gatsby*. Dans le récit de Thorpe, le type devenait fou mais il le faisait d'une façon amusante. Vous ne pouviez vous empêcher de sourire et à certains passages de l'histoire – le meilleur c'est quand le héros verse la gelée de citron vert sur la tête de la grosse fille – vous riiez même à gorge déployée. Mais d'un rire nerveux, vous voyez. Vous riiez et puis vous aviez envie de regarder par-dessus votre épaule pour voir si on vous avait entendu. Le jeu des émotions contradictoires suscitées par cette œuvre était tout à fait extraordinaire. Plus vous riiez, plus vous deveniez nerveux. Et plus vous deveniez nerveux, plus vous riiez... jusqu'au moment où le héros rentre d'une soirée donnée en son honneur et tue sa femme et sa petite fille.

– Quelle est l'intrigue ?

– Ça n'a aucune importance, dit l'éditeur. C'était seulement l'histoire d'un jeune homme qui petit à petit devient incapable d'affronter la célébrité. Restons-en à ces grandes lignes. Un synopsis détaillé ne pourrait être qu'ennuyeux. Ils le sont toujours. Quoi qu'il en soit, je lui ai écrit une lettre qui disait à peu près ceci : « Cher Reg Thorpe, j'achève la lecture de "La Ballade de la balle élastique" et je suis emballé. Je voudrais, si c'est possible, la publier dans le *Logan's* au début de l'année prochaine. Est-ce que huit cents dollars vous conviennent ? Paiement à la signature. Approximativement. » Fin du paragraphe. (L'éditeur troua l'air du soir avec sa cigarette.) « La nouvelle est un peu longue et si ça vous paraît possible j'aimerais que vous la raccourcissiez de cinq cents mots environ. Deux cents minimum. Nous pouvons toujours supprimer un dessin humoristique. » À la ligne. « Appelez-moi si vous le désirez. » Signature. Et la lettre est partie pour Omaha.

– Et vous vous en souvenez mot pour mot, comme ça ? demanda la femme de l'écrivain.

– J'ai gardé toute la correspondance dans un dossier spécial, répondit l'éditeur, ses lettres, les doubles des miennes. Il y en avait un bon paquet à la fin, y compris trois ou quatre courriers de Jane Thorpe, sa femme. Je me suis souvent replongé dans ce dossier depuis. Ce n'est pas bon, évidemment. Tenter de comprendre la balle élastique, c'est comme tenter de comprendre pourquoi le ruban de Mœbius ne peut avoir qu'une face. Ainsi sont les choses dans le meilleur des mondes possibles. Oui, je connais tout cela, mot pour mot, ou presque. Certains sont bien capables de réciter la déclaration d'Indépendance par cœur.

– Je parie qu'il vous a rappelé le lendemain, dit l'agent avec un sourire. En PCV.

– Non, il n'a pas appelé. Peu de temps après *Les Mafiosi,* Thorpe avait totalement abandonné l'usage du téléphone. C'est sa femme qui me l'a dit. Quand ils ont quitté New York pour Omaha, ils ne l'ont même pas fait installer dans leur nouvelle maison. Il avait, voyez-vous, décidé que le téléphone ne fonctionnait pas en fait à l'électricité mais au radium. Il pensait que c'était l'un des deux ou trois secrets les mieux gardés de l'histoire du monde moderne. Il affirmait à sa femme que c'était le radium qui était responsable de l'augmentation du nombre des cancers et non pas les cigarettes, les gaz d'échappement ou la pollution industrielle. Dans le combiné de tous les téléphones, il y avait un petit cristal de radium et chaque fois que vous vous en serviez vous preniez des radiations en pleine tête.

– Ah, il était vraiment cinglé, dit l'écrivain, et tout le monde rit.

– Alors, il m'a écrit, reprit l'éditeur en pointant sa cigarette dans la direction du lac. Sa lettre disait ceci : « Cher Henry Wilson (Henry si je peux me le permettre), votre lettre était à la fois stimulante et gratifiante. Ma femme s'est montrée plus ravie encore que moi, si c'est possible. La somme que vous proposez est correcte... bien qu'en toute honnêteté, je doive avouer que la simple idée d'être publié dans le *Logan's* me semble une rétribution plus que suffisante (mais je l'accepterai néanmoins, je l'accepterai). J'ai examiné les coupures que vous proposez et elles me semblent judicieuses. À mon avis, elles amélioreront le texte tout en laissant de la place pour les dessins humoristiques. Avec mes meilleurs sentiments. Reg Thorpe. » Sous la signature il y avait un curieux petit dessin... plutôt un gribouillage. Un œil dans une pyramide, comme celui qui figure au verso du billet de un dollar. Mais au lieu du *Novus Ordo Seclorum* sur la bannière dessinée dessous, il y avait ces mots : *Fornit some Fornus.*

– C'est soit du latin, soit du Groucho Marx, commenta la femme de l'agent.

– Une simple manifestation de l'excentricité croissante de Reg Thorpe, continua l'éditeur. Sa femme m'a raconté que Reg en était arrivé à croire en l'existence de petites créatures, du genre elfes ou fées. Les Fornits. Ce sont des génies qui portent chance et, d'après lui, l'un d'eux avait élu domicile dans sa machine à écrire.

– Seigneur ! s'exclama la femme de l'écrivain.

– Selon Thorpe, chaque Fornit a un petit truc, comme un pistolet plein de poussière porte-bonheur, il me semble qu'on peut l'appeler ainsi. Et cette poussière porte-bonheur...

– ... S'appelle fornus, compléta l'écrivain avec un large sourire.

– Oui. Et sa femme trouvait cela assez amusant elle aussi. Au début. En fait, elle pensait au début – Thorpe avait donné vie aux Fornits deux ans auparavant lorsqu'il écrivait *Les Mafiosi* – que Reg voulait seulement la mener en bateau. C'était peut-être son intention au départ. Il semble que cette idée fantasque se soit peu à peu changée en une superstition puis en une croyance solidement ancrée. C'était devenu pesant à la fin. Très pesant.

Ils demeuraient tous silencieux. Les sourires avaient disparu.

– Les Fornits avaient aussi leur aspect drôle, poursuivit l'éditeur. À la fin de leur période new-yorkaise, la machine à écrire de Thorpe se mit à séjourner fréquemment dans l'atelier du réparateur et ces séjours se multiplièrent lorsqu'ils vinrent habiter Omaha. On lui en avait prêté une autre la première fois qu'il l'avait fait réparer. Le gérant du magasin avait appelé Reg quelques jours après qu'il eut récupéré sa propre machine pour lui dire qu'il allait lui facturer le nettoyage de la machine prêtée en même temps que celui de sa machine personnelle.

– Que s'était-il passé ? demanda la femme de l'agent.

– Je crois le deviner, répondit la femme de l'écrivain.

– Elle était pleine de nourriture, expliqua l'éditeur. Des miettes de gâteau et de biscuit. Les touches étaient couvertes de beurre de cacahuètes. Reg nourrissait le Fornit qui logeait dans sa machine à écrire. Il avait aussi déposé de la nourriture sur celle qu'on lui avait prêtée, au cas où le Fornit s'y serait réfugié.

– Bon sang ! s'écria l'écrivain.

– À l'époque, j'ignorais tout cela, voyez-vous. En l'occurrence je lui ai répondu pour lui exprimer ma satisfaction. Ma secrétaire a tapé la lettre et me l'a apportée pour la signature, puis elle a dû s'absenter pour une raison ou une autre. J'ai signé ; elle ne revenait toujours pas. Et alors – sans trop savoir pourquoi – j'ai fait le même gribouillage que lui sous mon nom. Pyramide, œil. Et *Fornit some*

Fornus. C'était dément. La secrétaire l'a vu et m'a demandé si je voulais envoyer ce courrier tel quel. J'ai haussé les épaules et lui ai demandé de le faire.

Deux jours après, Jane Thorpe m'a appelé. Elle m'a dit que ma lettre avait plongé Thorpe dans un grand état d'excitation. Reg pensait avoir trouvé une âme sœur... quelqu'un qui connaissait l'existence des Fornits. Vous voyez dans quel processus délirant je m'engageais ? Pour autant que je l'aie su à ce moment-là, un Fornit pouvait être aussi bien une clé anglaise pour gaucher qu'un couteau à viande polonais. *Idem* pour le fornus. J'ai expliqué à Jane que j'avais simplement copié le dessin de Reg. Elle a voulu savoir pourquoi. J'ai éludé la question ; si j'avais été honnête j'aurais dû répondre que j'étais parfaitement ivre lorsque j'avais signé la lettre.

Il se tut et un silence lourd tomba sur la pelouse. Chacun regardait le ciel, le lac, les arbres, bien qu'ils ne fussent pas plus intéressants à ce moment qu'ils ne l'étaient une ou deux minutes auparavant.

– Je buvais depuis que j'étais adulte et je suis incapable de dire quand j'ai commencé à perdre le contrôle. Je pouvais commencer à boire au déjeuner et rentrer au bureau *el blotto*. Là je pouvais cependant accomplir parfaitement les tâches qui m'incombaient. C'étaient les verres après le travail – d'abord dans le train, puis à la maison – qui me faisaient perdre les pédales.

Ma femme et moi avions des problèmes tout à fait indépendants de mon alcoolisme, mais celui-ci a contribué à aggraver les choses. Elle s'était préparée depuis longtemps à la séparation et, une semaine avant l'arrivée de la nouvelle de Thorpe, elle est partie.

J'essayais d'affronter du mieux possible cette situation lorsque j'ai reçu le texte de Thorpe. Je buvais beaucoup trop. Et pour couronner le tout, je traversais... euh... ce qu'il est convenu d'appeler aujourd'hui la crise de l'âge mûr. Tout ce que je savais à cette époque, c'était que j'étais aussi déprimé sur le plan professionnel que sur le plan personnel. Je faisais face – ou essayais de faire face – au sentiment envahissant qu'éditer des nouvelles qui échoueraient entre les mains de patients nerveux dans l'antichambre du dentiste, de ménagères à l'heure du déjeuner et, de temps à autre, de quelque étudiant mort d'ennui n'était pas vraiment une tâche exaltante. Je faisais face – tout du moins, je le précise à nouveau, j'essayais de faire face – comme nous tous au *Logan's* à cette époque, à l'idée que dans six, dix ou quatorze mois il n'y aurait peut-être plus de *Logan's*.

Dans le paysage terne et automnal de la maturité inquiète, arrive un excellent récit écrit par un excellent auteur ; un regard drôle, dynamique, sur le processus qui mène à la folie. Ça a été comme un éblouissant rayon de soleil. Je sais que ça peut paraître étrange de dire cela à propos d'une histoire dont le héros finit par assassiner sa femme et son nouveau-né, mais vous pouvez demander à n'importe quel éditeur ce qu'est vraiment le bonheur et il vous répondra que c'est une bonne nouvelle ou un beau roman que vous n'attendiez pas et qui atterrit sur votre bureau tel un cadeau de Noël. Tenez, vous connaissez tous cette nouvelle de Shirley Jackson, « La Loterie ». Elle se termine sur la note la plus sombre que vous puissiez imaginer. Rappelez-vous, ils font sortir une femme adorable et la tuent à coups de pierres. Son fils et sa fille participent au meurtre, nom de Dieu ! C'est pourtant un excellent récit et je parie que l'éditeur du *New Yorker* qui l'a lu le premier est rentré ce soir-là chez lui en sifflotant.

Ce que j'essaie de dire c'est que la nouvelle de Thorpe était la meilleure chose dans ma vie à ce moment-là. La seule bonne chose. Et d'après ce que sa femme m'a dit au téléphone ce jour-là, le fait que j'eusse accepté son récit était la seule bonne chose qui fût arrivée à Thorpe à cette époque. La relation auteur-éditeur est toujours une sorte de parasitisme mutuel, mais dans le cas de Reg et moi, ce parasitisme s'était élevé jusqu'à un degré tout à fait hors des normes.

– Revenons à Jane Thorpe, dit la femme de l'écrivain.

– Oui, je l'ai laissée sur une voie de garage en quelque sorte, n'est-ce pas ? Elle était en colère à propos de l'histoire des Fornits. Au début. Je lui ai dit que j'avais simplement gribouillé le symbole de la pyramide et de l'œil en dessous de ma signature sans comprendre ce qu'il signifiait et que je m'excusais si j'avais commis un impair.

Elle a oublié sa colère et m'a tout raconté. De plus en plus inquiète, elle n'avait absolument personne à qui se confier. Ses parents étaient morts et tous ses amis vivaient à New York. Reg ne tolérait personne dans la maison. C'étaient tous des contrôleurs des impôts, disait-il, des agents du FBI ou de la CIA. Peu de temps après leur arrivée à Omaha, une petite fille s'était présentée à la porte pour vendre des biscuits au bénéfice des girls-scoutes. Reg lui avait crié de déguerpir, qu'il savait pourquoi elle était là, et ainsi de suite. Jane avait essayé de le raisonner. Elle lui avait fait remarquer que la fillette n'avait qu'une dizaine d'années. Reg lui avait rétorqué que les contrôleurs d'impôts étaient des êtres dénués d'âme et de conscience. De plus, avait-il ajouté, la petite fille était peut-être un androïde. Les androïdes ne sont pas soumis à la législation relative au travail des enfants. Les contrôleurs d'impôts n'auraient pas été incapables d'envoyer une petite scoute androïde bourrée de cristaux de radium pour s'assurer qu'il ne cachait aucun secret... et pour le bombarder, par la même occasion, de rayons cancérigènes.

– Seigneur ! s'écria la femme de l'agent.

– Elle avait longtemps espéré entendre une voix amie et la mienne était la première à lui parvenir. J'ai donc appris l'histoire de la girl-scoute, celle des soins et de la nourriture prodigués aux Fornits, l'existence du fornus et le fait que Reg refusait d'utiliser le téléphone. Elle m'appelait d'une cabine située dans un drugstore, à quelques pâtés de maisons de chez elle. Elle m'a avoué qu'elle craignait que Reg n'ait pas vraiment peur des contrôleurs des impôts, des agents du FBI ou de la CIA. À son avis, il avait vraiment peur qu'*ils* – groupe anonyme et puissant qui haïssait Reg, jalousait Reg, ne reculerait devant rien pour détruire Reg – aient découvert l'existence de son Fornit et ne veuillent le tuer. Si le Fornit mourait il n'y aurait plus de romans, plus de nouvelles, plus rien. Vous voyez le topo ? L'essence même de la folie. *Ils* étaient à ses trousses. À la fin, même l'IRS, qui l'avait pourtant persécuté à propos des dividendes qu'il tirait des ventes des *Mafiosi,* ne lui servait plus de tête de Turc. Il n'y avait plus qu'*ils*. Le délire paranoïaque parfait. *Ils* voulaient tuer son Fornit.

– Seigneur ! Que lui avez-vous dit ? demanda l'agent.

– J'ai essayé de la rassurer, expliqua l'éditeur. Vous m'imaginez, à peine rentré d'un déjeuner arrosé de cinq Martini, parlant à cette femme terrifiée qui m'appelait de la cabine téléphonique d'un drugstore d'Omaha et essayant de la persuader que tout allait bien, qu'il ne fallait pas s'inquiéter si son mari croyait que les téléphones étaient bourrés de cristaux de radium et s'imaginait qu'une bande d'individus anonymes lui envoyait des girls-scoutes androïdes pour lui faire la peau, qu'elle ne devait pas s'inquiéter que son mari ait à ce point déconnecté son talent de son activité intellectuelle qu'il croyait qu'un elfe avait élu domicile dans sa machine à écrire.

Je crains de ne pas avoir été très convaincant.

Elle me demanda – ou plutôt me supplia – de travailler avec Reg sur le texte, de m'assurer qu'il serait publié. Elle en a beaucoup fait, mais n'a jamais pu se résoudre à avouer que « La Balle élastique » était le dernier contact de Reg avec ce que nous nommons en riant « la réalité ».

Je lui ai demandé comment je devais réagir si Reg mentionnait à nouveau les Fornits.

« Rentrez dans son jeu », a-t-elle répondu. Ce sont ses mots exacts : « Rentrez dans son jeu. » Puis elle a raccroché.

Le lendemain il y avait une lettre de Reg au courrier, cinq pages dactylographiées, en simple interligne. Le premier paragraphe concernait la nouvelle. La seconde épreuve était sur la bonne voie, selon lui. Il pensait pouvoir couper sept cents mots sur les dix mille cinq cents de la version originale, la ramenant ainsi à neuf mille huit cents mots.

Le reste de la lettre concernait les Fornits et le fornus. Ses propres observations et des questions.

– Ses observations ? demanda l'écrivain en se penchant en avant. Il les voyait donc pour de bon à ce moment déjà ?

– Non, dit l'éditeur, pas au sens propre du terme, mais d'une certaine manière... je suppose qu'il les voyait. Vous savez, les astronomes connaissaient l'existence de Pluton bien longtemps avant de disposer d'un télescope suffisamment puissant pour pouvoir l'observer. Ils savaient tout à son sujet en étudiant l'orbite de la planète Neptune. Reg observait les Fornits de cette façon-là ; ils aimaient manger la nuit, disait-il, l'avais-je remarqué ? Il les nourrissait à toute heure du jour mais il avait constaté que la majeure partie de la nourriture disparaissait après 8 heures du soir.

– Hallucination ? demanda l'écrivain.

– Non, répondit l'éditeur. Sa femme enlevait de la machine à écrire autant de nourriture qu'elle le pouvait lorsque Reg sortait pour sa promenade du soir. Il sortait tous les soirs à 9 heures.

– Elle avait du culot de s'en prendre à vous, il me semble, grommela l'agent en bougeant sa lourde masse sur la chaise de jardin. Elle nourrissait elle-même le délire de son mari.

– Vous ne comprenez pas pourquoi elle a appelé et pourquoi elle était si contrariée, répliqua calmement l'éditeur. (Il se tourna vers la femme de l'écrivain.) Mais je parierais que vous, vous comprenez, Meg.

– Peut-être, dit-elle mal à l'aise en jetant un regard en coin à son mari. Elle n'était pas irritée parce que vous nourrissiez son délire. Elle craignait que vous ne le troubliez.

– Bravo. (L'éditeur alluma une nouvelle cigarette.) Et elle enlevait les aliments pour la même raison. S'ils avaient continué à s'accumuler dans la machine, Reg en aurait tiré la conclusion logique qui découlait directement de ces prémisses incontestablement absurdes. À savoir que son Fornit était mort ou parti. Donc plus de fornus. Donc plus de création. Donc...

L'éditeur laissa ce mot dériver sur la fumée de sa cigarette puis il reprit :

– Il pensait que les Fornits étaient probablement des êtres nocturnes. Ils n'aimaient pas le vacarme – il avait remarqué qu'il était incapable d'écrire les lendemains de soirées bruyantes –, ils détestaient la télé, détestaient l'électricité, détestaient le radium. Reg avait bradé son téléviseur dans un dépôt-vente pour vingt dollars, disait-il, et s'était débarrassé depuis longtemps de sa montre à cadran fluorescent. Puis venaient les questions. Comment avais-je appris l'existence des Fornits ? Se pouvait-il que j'en aie un à demeure ? Si oui, que pensais-je sur tel et tel sujet ? Il m'est inutile d'être plus précis, il me semble. Si vous avez jamais possédé un chien de race et pouvez vous souvenir de toutes les questions que vous avez posées à propos des soins et de la nourriture qui lui étaient nécessaires, vous imaginerez facilement la plupart de celles que Reg m'a posées. Un petit gribouillage sous ma signature avait suffi à ouvrir la boîte de Pandore.

– Que lui avez-vous écrit en retour ?

– C'est là que les ennuis ont vraiment commencé, répondit lentement l'éditeur. Pour tous les deux. Jane avait dit : « Rentrez dans son jeu. » C'est ce que j'ai fait. Malheureusement, j'en ai fait un peu trop. J'ai répondu à sa lettre de chez moi alors que j'étais complètement ivre. L'appartement semblait très vide. Il y régnait une odeur de renfermé – fumée de cigarette, aération insuffisante. Tout s'en allait à vau-l'eau depuis le départ de Sandra. La couverture du canapé toute fripée, la vaisselle sale dans l'évier, et tout à l'avenant. L'homme mûr qui n'est pas préparé aux tâches domestiques.

J'étais assis devant la feuille de papier à en-tête glissée sur le rouleau de la machine à écrire et j'ai pensé : *J'ai besoin d'un Fornit. En fait j'ai besoin d'une douzaine d'entre eux pour qu'ils saupoudrent cette foutue maison vide de fornus de la cave au grenier.* À cet instant-là, j'étais assez saoul pour envier à Reg Thorpe ses illusions.

J'ai écrit que j'avais un Fornit, évidemment. J'ai dit à Reg que les caractéristiques du mien étaient étrangement similaires à celles du sien. Nocturne. Détestant le vacarme mais aimant, semblait-il, Bach et Brahms... J'ai ajouté que ce que j'écrivais de meilleur, je l'écrivais après les avoir écoutés. J'avais découvert que mon Fornit avait un faible pour la mortadelle de Kirschner... Reg avait-il déjà essayé cela ? J'en laissais simplement de petits morceaux près du Scrito que j'avais toujours avec moi – mon stylo bleu éditorial, si vous préférez – et, le plus souvent, le lendemain il n'en restait plus rien. À moins, comme le disait Reg, qu'il n'y ait eu beaucoup de bruit la nuit précédente. Je lui ai dit que j'étais très heureux d'être mis au courant pour le radium, même si je n'avais pas de montre fluorescente. Je lui ai raconté que mon Fornit m'accompagnait depuis l'université. Je me suis tellement laissé emporter par mon invention que j'ai couvert presque six pages. À la fin, j'ai ajouté un paragraphe purement formel sur la nouvelle, et j'ai signé.

– Et sous votre signature ? demanda la femme de l'agent.

– Évidemment. *Fornit some Fornus.* (Il s'arrêta.) Vous ne pouvez le voir dans l'obscurité mais je rougis. J'étais tellement saoul, tellement *béat*... J'aurais sans doute réfléchi à deux fois à la froide lumière de l'aube, mais c'était déjà trop tard.

– Vous l'avez postée dans la nuit ? murmura l'écrivain.

– Oui, c'est ce que j'ai fait. Et alors, pendant une semaine et demie, j'ai retenu mon souffle et attendu. Un jour, le manuscrit est arrivé ; aucune lettre ne l'accompagnait. Les coupures étaient telles que nous en étions convenus, et j'ai pensé que l'œuvre était parfaite mais le manuscrit était... euh... Je l'ai glissé dans ma serviette, l'ai emporté à la maison et l'ai retapé moi-même. Il était couvert d'étranges taches jaunes. J'ai pensé...

– De l'urine ? demanda la femme de l'agent.

– Oui, c'est ce que j'ai pensé. Mais ce n'en était pas. Et quand je suis arrivé à la maison, une lettre de Reg m'attendait dans la boîte. Dix pages cette fois. Dans la lettre, j'ai eu l'explication des taches jaunes. Il n'avait pas pu trouver de la mortadelle de Kirschner, alors il avait essayé celle de Jordan. Il dit qu'ils avaient adoré. Surtout avec de la moutarde. J'avais été assez sobre ce jour-là. Mais sa lettre, ajoutée à ces pitoyables taches de moutarde incrustées dans les pages de son manuscrit, m'a expédié directement dans mon coffret à liqueurs. Ne passez pas par la case départ, ne ramassez pas deux cents dollars. Allez immédiatement vous saouler.

– Que disait-il d'autre dans cette lettre ? demanda la femme de l'agent.

Elle était de plus en plus fascinée par l'histoire et se penchait maintenant au-dessus de son ventre non négligeable dans une position qui rappelait à la femme de l'écrivain celle de Snoopy juché sur sa niche et prétendant être un vautour.

– Deux lignes seulement concernaient la nouvelle cette fois. Il en décernait tout le crédit au Fornit... et à moi... L'idée de la mortadelle avait vraiment été fantastique. Rackne avait adoré et grâce à elle...

– Rackne ? demanda l'auteur.

– C'était le nom du Fornit, expliqua l'éditeur. Rackne. À cause de la mortadelle, Rackne avait vraiment pris du retard pour le rewriting. Le reste de la lettre était une litanie paranoïaque. Vous n'avez jamais rien lu de tel dans votre vie.

– Reg et Rackne... un mariage scellé au paradis, dit la femme de l'écrivain, prise d'un rire nerveux.

– Oh ! pas du tout, dit l'éditeur. Il s'agissait d'une relation de travail. Et Rackne était un mâle.

– Allez, dites-nous ce qu'il y avait dans la lettre !

– Celle-là, je ne la connais pas par cœur. C'est aussi bien pour vous. Même les excentricités sont fatigantes au bout d'un moment. Le facteur était de la CIA. Le livreur de journaux était du FBI ; Reg avait aperçu un revolver muni d'un silencieux dans sa sacoche de journaux. Les voisins étaient des espions ; ils avaient du matériel de surveillance dans leur camionnette. Il n'osait plus faire ses courses dans la boutique du coin car le propriétaire était un androïde. Il le soupçonnait déjà depuis un moment mais maintenant, disait-il, il en était sûr. Il avait vu un réseau de fils métalliques sous le cuir chevelu de l'homme, là où commençait sa calvitie. Et le taux de radium chez lui était très élevé ; la nuit, il pouvait voir une lueur faible et verdâtre dans les pièces.

Sa lettre se terminait ainsi : « J'espère que vous me répondrez et me tiendrez au courant de votre situation (et de celle de votre Fornit) face à vos *ennemis,* Henry. Je crois que notre rencontre est un événement qui dépasse la simple coïncidence. J'appellerais cela une bouée de sauvetage lancée – par Dieu ? la Providence ? le Destin ? choisissez le terme qui vous convient – au tout dernier moment.

Un homme n'est pas capable de résister longtemps tout seul à des milliers d'*ennemis*. Et découvrir à la fin que l'on n'est *pas* seul... est-ce trop dire que la similarité de notre expérience s'interpose entre moi-même et la destruction totale ? Peut-être pas. Il faut que je sache : les *ennemis* essaient-ils d'avoir votre Fornit comme ils essaient d'avoir Rackne ? Si oui, comment faites-vous face ? Sinon, savez-vous *pourquoi* ? Je le répète, *je dois savoir.* »

La lettre portait le petit gribouillage *Fornit some Fornus* sous la signature. Il y avait un P.-S. Juste une phrase. Mais mortelle. Le P.-S. disait : « Quelquefois, je me pose des questions à propos de ma femme. »

J'ai relu trois fois la lettre tout en ingurgitant une bouteille entière de Black Velvet. J'ai commencé à envisager les différentes façons d'y répondre. C'était l'appel au secours d'un homme en train de se noyer, c'était tout à fait évident. Écrire la nouvelle lui avait évité l'effondrement pendant un moment, mais maintenant le travail était terminé. Dorénavant c'était à moi de le garder sur pied. Ce qui était parfaitement logique, vu que c'était moi qui avais mis tout cela en branle.

J'ai arpenté la maison du haut en bas à travers les pièces vides. Et j'ai commencé à tout débrancher.

J'étais complètement ivre, rappelez-vous, et l'ivresse ouvre la porte à des impulsions tout à fait inattendues. C'est la raison pour laquelle les éditeurs et les avocats sont capables d'ingurgiter trois verres pendant un déjeuner avant de parler contrat.

L'agent éclata d'un rire tonitruant, mais l'ambiance demeurait tendue, lourde de malaise.

– Ne perdez pas de vue que Reg Thorpe était un sacrément bon écrivain. Il était absolument convaincu de ce qu'il disait. FBI. CIA. IRS. *Ils. Les ennemis.* Quelques écrivains sont dotés du talent extrêmement rare de traduire dans une écriture très contrôlée des sentiments brûlants. C'était le cas de Steinbeck, d'Hemingway aussi, comme celui de Reg Thorpe. Quand vous entriez dans son univers, tout semblait très logique. Une fois acceptée l'existence du Fornit, vous vous mettiez à trouver tout à fait vraisemblable que le vendeur de journaux cache *réellement* un P. 38 muni d'un silencieux dans sa sacoche, que les étudiants à la camionnette de la maison d'à côté soient en effet des agents du KGB avec des capsules mortelles dissimulées dans leurs fausses molaires, chargés de la mission-suicide de capturer ou d'assassiner Rackne.

Bien entendu je n'acceptais pas ces prémisses. Mais il me paraissait si difficile de réfléchir. Et j'ai tout débranché. D'abord la télé couleur, car chacun sait bien qu'elles émettent des radiations. Au *Logan's,* nous avions publié l'article d'un scientifique à la réputation irréprochable qui suggérait que les radiations produites par un téléviseur couleur domestique interrompaient les ondes du cerveau humain juste assez pour les altérer d'une manière imperceptible mais permanente. Ce scientifique émettait l'hypothèse que cela expliquait peut-être la baisse des résultats obtenus à l'université, celle des tests de connaissance et celle des performances en arithmétique dans les collèges. Après tout, qui s'assied plus près du téléviseur qu'un môme ?

Alors, j'ai débranché ma télé, et j'ai vraiment eu l'impression d'avoir les idées plus claires. En fait ça allait tellement mieux que j'ai débranché la radio, le grille-pain, la machine à laver, le sèche-linge. Puis je me suis souvenu du four à micro-ondes et je l'ai débranché lui aussi. J'ai ressenti un réel soulagement lorsque la prise de ce foutu machin a été retirée. C'était un des tout premiers, presque aussi gros qu'une maison, et il était probablement *très* dangereux. De nos jours on se protège mieux de ces choses-là.

Je me suis alors rendu compte du nombre d'objets qui sont branchés dans le mur d'une maison petite-bourgeoise très ordinaire. J'ai perçu tout à coup l'image d'une horrible pieuvre électrique dont les tentacules étaient des câbles qui serpentaient tous à l'intérieur des murs, tous connectés à l'extérieur par des gaines, toutes ces dernières menant aux centrales contrôlées par le gouvernement.

Il s'opérait un curieux dédoublement en moi pendant que je faisais tout cela, continua l'éditeur après s'être arrêté un instant pour siroter son Fresca. Je répondais fondamentalement à une impulsion superstitieuse. Il y a des tas de gens qui ne passent pas sous les échelles ou qui n'ouvrent pas de parapluie dans une maison. Il y a des joueurs de basket-ball qui se signent avant de tirer un penalty et des joueurs de base-ball qui changent de chaussettes lorsqu'ils se trouvent dans une mauvaise passe. Il s'agit d'après moi d'une mauvaise synchronisation dans notre stéréo mentale entre le jeu de notre part rationnelle et celui de notre subconscient irrationnel. Si je devais définir le « subconscient irrationnel », je dirais que c'est une petite chambre capitonnée à l'intérieur de chacun d'entre nous ; elle renferme un seul meuble : une table de bridge, et sur celle-ci est posé un unique objet : un revolver chargé de balles élastiques.

Quand vous faites un détour sur le trottoir pour éviter une échelle ou lorsque vous sortez de votre appartement sous la pluie avec votre parapluie fermé, votre moi se dédouble et une part de vous-même pénètre dans la chambre pour prendre le pistolet sur la table. Vous pouvez être agité par deux pensées contradictoires : *marcher sous une échelle n'est pas dangereux* et *ne pas marcher sous une échelle n'est pas non plus dangereux*. Mais une fois que vous avez dépassé l'échelle – ou dès que votre parapluie est ouvert – vous vous réunifiez.

– C'est très intéressant, dit l'écrivain, poursuivez votre raisonnement un peu plus loin, si ça ne vous ennuie pas. Quand donc la part irrationnelle s'arrête-t-elle en fait de jouer avec le pistolet pour le retourner contre elle-même ?

– Quand la personne en question se met à écrire des lettres au courrier des lecteurs des journaux pour demander que toutes les échelles soient retirées parce qu'il est dangereux de passer dessous, répondit l'éditeur.

Quelqu'un rit.

– Puisque nous sommes allés aussi loin, je suppose que nous devons pousser jusqu'au bout. La part irrationnelle a déjà tiré la balle élastique dans le cerveau lorsque la personne commence à déambuler en ville, renversant les échelles et injuriant ceux qui travaillent dessus. Il n'y a rien de répréhensible à contourner les échelles plutôt que de passer en dessous. Il n'y a rien de répréhensible à écrire des lettres au journal pour dire que la ville de New York est ruinée à cause de tous les gens qui passent sans faire attention sous les échelles des ouvriers. Mais il est répréhensible de se mettre à renverser les échelles.

– Parce que c'est un délit manifeste, marmonna l'écrivain.

– Vous savez, dit l'agent, vous avez mis le doigt sur quelque chose de juste, Henry. Je n'allume jamais trois cigarettes avec la même allumette. Je ne sais d'où ça m'est venu, mais c'est ainsi. J'ai lu quelque part que cette habitude datait de la bataille des tranchées pendant la Première Guerre mondiale. Les tireurs d'élite allemands attendaient, semble-t-il, que les Tommies commencent à s'allumer mutuellement leurs cigarettes. À la première lueur, ils les repéraient. À la deuxième, ils prenaient la direction du vent. Et à la troisième, ils faisaient voler en éclats la tête du gars. Mais d'avoir appris cela n'a rien changé à mon comportement. Je ne peux toujours pas allumer trois cigarettes avec une seule allumette. Une part de moi-même proteste que ça n'a aucune importance que j'allume une douzaine de cigarettes avec la même allumette. Mais l'autre part – cette voix intérieure très inquiétante à la Boris Karloff – menace : *Ooooh, si tu faaaais ça...*

– Mais toute folie n'est-elle pas superstition, n'est-ce pas ? demanda timidement la femme de l'écrivain.

– Croyez-vous ? interrogea l'éditeur. Jeanne d'Arc entendait des voix venues du ciel. Certains pensent être possédés par les démons. D'autres voient des génies malfaisants... ou des diables... ou bien des Fornits. Les termes que nous utilisons pour désigner la folie suggèrent tous d'une manière ou d'une autre la superstition. Maniaque... bizarre... irrationnel... lunatique... insensé. Pour un fou, la réalité a basculé. Petit à petit, la personnalité ne parvient plus à se réunifier si ce n'est dans la petite chambre du pistolet.

En ce qui me concerne, ce qu'il y avait de rationnel en moi était encore très présent. Blessé, meurtri, indigné et plutôt effrayé, mais encore tout à fait à l'œuvre. Disant ceci : « Oh, t'en fais pas. Demain, quand tu auras dessaoulé, tu pourras tout rebrancher, Dieu merci. Amuse-toi si ça t'est nécessaire. Mais pas plus que ça. Ne va pas plus loin que ça. »

Cette voix de la raison était, à juste titre, effrayée. Il y a en nous quelque chose qui est vraiment attiré par la folie. Quiconque se penche du sommet d'un immeuble élevé ressent au moins une envie diffuse et morbide de sauter. Et quiconque a jamais posé contre sa tempe un pistolet chargé...

– Oh, arrêtez, supplia la femme de l'écrivain, s'il vous plaît.

– D'accord, dit l'éditeur, je veux seulement en venir à ceci : même la personne la plus équilibrée retient sa raison par une corde glissante. J'en suis persuadé. Dans l'animal humain, les circuits rationnels sont extrêmement fragiles.

Une fois les prises débranchées, je me suis rendu dans mon bureau. J'ai écrit une lettre à Reg Thorpe, l'ai glissée dans une enveloppe, ai timbré celle-ci, suis sorti avec, puis l'ai postée. À vrai dire je ne me rappelle pas réellement avoir fait tout cela. J'étais trop ivre. Mais j'en conclus que je l'ai fait car lorsque je me suis levé le lendemain matin, la feuille de papier carbone était encore près de la machine à écrire, avec les timbres et la boîte d'enveloppes. La lettre était à peu près celle que vous attendriez d'un poivrot. Elle revenait plus ou moins à ceci : les ennemis étaient attirés par l'électricité aussi bien que par les Fornits eux-mêmes. Délivrez-vous de l'électricité et vous serez du même coup débarrassé des ennemis. À la fin j'avais écrit : « L'électricité fout en l'air votre capacité à raisonner sur tout cela, Reg. Il y a des interférences avec les ondes du cerveau. Est-ce que votre femme possède un mixer ? »

– En fait vous aviez commencé à écrire des lettres au journal, commenta l'écrivain.

– Oui. J'ai écrit cette lettre un vendredi soir. Le samedi matin, je me suis levé vers 11 heures, avec la gueule de bois, vaguement conscient du genre de méfait que j'avais commis la nuit précédente. Alors que je rebranchais tout, j'étais sous le coup de la honte. La honte – et la peur – a été plus forte encore lorsque j'ai vu ce que j'avais écrit à Reg.

J'ai mis la maison sens dessus dessous pour retrouver l'original de la lettre, espérant désespérément ne pas l'avoir envoyée. Mais en vain. Et je n'ai pu supporter cette journée qu'en prenant la résolution de me conduire en homme et de m'accrocher. Comme si j'allais la suivre...

Le mercredi suivant, il y avait une lettre de Reg. Une page manuscrite. *Fornit some Fornus* gribouillé partout. Au centre, juste ces mots : « Vous aviez raison. Merci, merci, merci. Reg. Vous aviez raison. Tout va bien à présent. Reg. Merci beaucoup. Reg. Fornit va bien. Reg. Merci. Reg. »

– Ô mon Dieu ! s'exclama la femme de l'écrivain. Je parie que sa femme était furieuse.

– Non, pas du tout. Parce que ça avait marché.

– Qu'est-ce qui avait marché ? demanda l'agent.

– Il avait reçu ma lettre le lundi par le courrier du matin. Le lundi après-midi, il s'était rendu au bureau de l'agence locale de l'électricité pour leur demander de suspendre son abonnement. Jane Thorpe, bien sûr, était devenue hystérique. Sa cuisinière marchait à l'électricité, elle avait bien entendu un mixer, une machine à coudre, une machine à laver et un sèche-linge. Enfin, vous voyez. Le lundi soir, je suis sûr qu'elle était prête à servir ma tête sur une assiette.

Mais le comportement de Reg lui a fait décider que j'étais un faiseur de miracles plutôt qu'un cinglé. Il l'avait invitée à s'asseoir dans la salle de séjour et s'était mis à lui parler d'une façon assez sensée. Il lui avait dit qu'il avait conscience d'avoir agi d'une façon bizarre. Il savait qu'elle s'était fait du souci. Il lui avait déclaré qu'il se sentait beaucoup mieux sans électricité et qu'il serait heureux de pouvoir l'aider pour tous les dérangements que cela pourrait occasionner. Et puis il avait proposé d'aller saluer les voisins.

– Pas les agents du KGB dont la camionnette était bourrée de radium ? demanda l'écrivain.

– Si, justement. Jane avait été complètement déconcertée. Elle avait accepté de l'accompagner mais elle m'a raconté qu'elle s'était attendue à une horrible scène. Accusations, menaces, hystérie. Elle avait commencé à envisager de quitter Reg s'il ne se décidait pas à se faire aider pour régler son problème. Elle m'a dit ce mercredi matin-là au téléphone qu'elle s'était fait une promesse : l'électricité serait l'avant-dernière goutte. Encore une histoire de ce genre et elle rentrerait à New York. Elle commençait à avoir peur, voyez-vous. La situation s'était aggravée de façon si graduelle que ça avait été presque imperceptible ; elle l'aimait, pourtant, elle ne pourrait pas supporter que ça empire. Elle avait décidé que si Reg disait un mot déplacé aux étudiants d'à côté, elle cesserait de s'occuper du ménage. J'ai découvert longtemps après qu'elle s'était déjà enquise très prudemment des procédures en vigueur dans le Nebraska pour un placement d'office en hôpital psychiatrique.

– Pauvre femme, murmura la femme de l'écrivain.

– Mais, poursuivit l'éditeur, la soirée a été un succès éclatant. Reg s'est montré des plus charmants... et selon Jane tout a été parfaitement agréable. Elle ne l'avait pas vu aussi normal depuis trois ans. L'humeur maussade et renfermée avait disparu. Les tics nerveux. Les sursauts involontaires et cette façon de regarder par-dessus son épaule chaque fois qu'une porte s'ouvrait. Il avait bu une bière et avait abordé tous les sujets courants à cette époque morne et sans vie : la guerre, les possibilités d'une armée de volontaires, les émeutes dans les villes, les lois anti-drogue.

Le fait qu'il avait écrit *Les Mafiosi* avait été mentionné dans la conversation et ils avaient été... « sous le charme de l'auteur », selon l'expression de Jane. Sur les quatre jeunes gens, trois l'avaient lu et il y avait fort à parier que le quatrième ne tarderait pas à prendre le chemin de la bibliothèque.

L'écrivain rit en hochant la tête. Cette situation lui était familière.

– Ainsi, poursuivit l'éditeur, quittons-nous pour un petit moment Reg Thorpe et sa femme, sans électricité mais plus heureux qu'ils ne l'avaient été depuis longtemps...

– Heureusement qu'il n'utilisait pas une machine à écrire IBM, ironisa l'agent.

– ... et revenons-en à l'éditeur, votre serviteur. Deux semaines se sont écoulées. L'été touche à sa fin. L'éditeur, votre serviteur, a enfreint évidemment plusieurs fois la règle de l'abstinence mais s'est arrangé pour avoir dans l'ensemble une conduite relativement respectable. Les jours vont leur train-train quotidien. À Cap Kennedy on s'apprête à envoyer un homme sur la Lune. Le nouveau numéro du *Logan's,* avec John Lindsay en couverture, est dans les kiosques et se vend comme d'habitude très mal. J'avais émis un ordre d'achat pour une nouvelle intitulée « La Ballade de la balle élastique », par Reg Thorpe. Publication prévue, janvier 1970, prix d'achat proposé, huit cents dollars, ce qui à l'époque était le tarif courant pour la principale nouvelle du numéro.

J'ai reçu un appel de mon supérieur, Jim Dohegan. Pouvais-je monter le voir ? Je me suis dirigé vers son bureau au pas de gymnastique, j'étais en pleine forme. Je ne me suis rendu compte que plus tard que Janey Morrisson, sa secrétaire, avait l'air d'assister à une veillée funèbre.

Je me suis assis et j'ai demandé à Jim ce que je pouvais faire pour lui, ou vice versa. Je ne dirais pas que le nom de Reg Thorpe ne m'était pas venu à l'esprit ; avoir dégoté la nouvelle était un fameux coup pour le *Logan's,* et je m'attendais à recevoir quelques félicitations. Alors, vous pouvez imaginer à quel point j'ai été abasourdi quand il a poussé vers moi, en travers du bureau, deux ordres d'achat. La nouvelle de Reg Thorpe et un roman très court de John Updike que nous avions programmé pour le numéro de février. Tous deux étaient barrés d'un coup de tampon RETOUR.

J'ai regardé les ordres d'achat annulés. J'ai regardé Jimmy. Je n'y comprenais rien. Je ne parvenais vraiment pas à faire fonctionner mon cerveau pour essayer de comprendre ce que tout cela signifiait. Ça bloquait quelque part. J'ai jeté un coup d'œil autour de moi et j'ai vu sa plaque chauffante. Janey la sortait pour lui chaque matin lorsqu'elle arrivait au bureau et la branchait pour qu'il puisse boire du café chaud quand il le désirait. C'était devenu une institution au *Logan's* depuis trois ans ou plus. Ce matin-là, la seule chose à laquelle je pouvais penser, c'était : *Si cette chose était débranchée, je pourrais réfléchir. Je sais que si cette chose était débranchée je parviendrais à comprendre.*

« Qu'est-ce que ça veut dire ? » ai-je demandé.

« Je suis vraiment désolé d'avoir à t'annoncer ça, Henry, a-t-il répondu. Le *Logan's* ne publiera plus aucune fiction à partir de janvier 1970. »

L'éditeur s'arrêta pour prendre une cigarette, mais son paquet était vide.

– Est-ce que quelqu'un a une cigarette ?

La femme de l'écrivain lui offrit une Salem.

– Merci, Meg.

Il l'alluma, éteignit l'allumette et tira une profonde bouffée. Le bout incandescent rougeoya doucement dans l'obscurité.

– Eh bien, reprit-il, je suis sûr que Jim a pensé que j'étais fou. Je lui ai dit : « Tu permets ? » et je me suis penché pour débrancher sa plaque chauffante.

Il en est resté bouche bée et m'a répondu : « Henry, qu'est-ce qui te prend ? »

« J'ai du mal à réfléchir quand ce genre d'engin fonctionne », ai-je répondu. J'ai ajouté : « Interférences. » Et il semblait que c'était vrai car, une fois la prise enlevée, j'ai été capable de saisir bien plus clairement la situation. « Est-ce que ça veut dire que je suis viré ? » lui ai-je demandé.

« Je ne sais pas, a-t-il répondu. C'est à Sam et au conseil d'administration de décider. Je ne sais vraiment pas, Henry. »

J'aurais pu dire des tas de choses. J'imagine que Jimmy s'attendait que je me lance dans un plaidoyer passionné pour défendre mon emploi. Vous connaissez l'expression : « Le sol se dérobait sous ses pieds » ?... Je prétends que vous ne pouvez en comprendre le sens à moins que vous ne soyez à la tête d'un département qui soudain n'existe plus.

Mais je n'ai pas plaidé ma cause ou celle de la fiction au *Logan's*. J'ai plaidé pour la nouvelle de Reg Thorpe. J'ai d'abord dit que nous pourrions en avancer la parution avant la date fatale... la publier dans le numéro de décembre.

« Allons, Henry, a répondu Jimmy, le canard de décembre est bouclé. Tu le sais bien. Et il s'agit de dix mille mots. »

« Neuf mille huit cents », ai-je précisé.

« Et une pleine page d'illustrations, a-t-il complété. Laisse tomber. »

« Eh bien, on n'a qu'à sucrer les dessins, ai-je dit. Écoute, Jimmy, cette nouvelle est excellente, peut-être la meilleure fiction que nous ayons eue ces cinq dernières années. »

« Je l'ai lue, Henry, a répondu Jimmy. Je sais qu'elle est extraordinaire. Mais ça n'est pas possible. Pas en décembre. C'est Noël, nom de Dieu, et tu veux glisser sous le sapin des Américains l'histoire d'un type qui tue sa femme et son môme ! Tu dois être... »

Il s'est soudain arrêté, mais je l'ai vu jeter un coup d'œil à sa plaque électrique. Il aurait pu tout aussi bien le dire à haute voix, vous croyez pas ?

L'écrivain acquiesça lentement, les yeux rivés sur l'ombre confuse qui tenait lieu de visage à l'éditeur.

– J'ai commencé à avoir mal à la tête. Très légèrement au début. Il devenait à nouveau difficile de réfléchir. Je me suis rappelé que Janey Morrisson avait un taille-crayon électrique sur son bureau. Il y avait tous ces tubes fluorescents dans le bureau de Jim. Les radiateurs. Les distributeurs automatiques dans le local situé au bout du couloir. Quand vous preniez le temps de réfléchir, tout ce foutu immeuble marchait à l'électricité ; c'était incroyable que quiconque réussisse à faire quoi que ce soit. C'est alors qu'une idée a commencé à faire son chemin, je pense. L'idée que le *Logan's* courait à sa perte parce que personne ne pouvait penser juste. Et personne ne pouvait penser juste parce que nous étions enfermés dans ce gratte-ciel où tout marchait à l'électricité. Les ondes de nos cerveaux étaient complètement perturbées. Je me souviens d'avoir pensé que si on avait pu faire venir un médecin avec un de ces appareils pour encéphalogrammes, il aurait obtenu de bien étranges graphiques. Pleins de ces énormes ondes alpha à forte amplitude qui caractérisent les tumeurs malignes situées à l'avant du cerveau.

Le fait d'y penser avait suffi à aggraver mon mal de tête. Mais j'ai fait une ultime tentative. J'ai demandé à Jim s'il consentait au moins à demander à Sam Vadar, le rédacteur en chef, de laisser paraître la nouvelle dans le numéro de janvier. Qu'elle soit un adieu du *Logan's* à la fiction, si besoin était. La dernière nouvelle du *Logan's*.

Jimmy jouait avec son crayon et hochait la tête.

« J'en parlerai, a-t-il dit, mais tu sais bien que ça ne marchera pas. Nous avons sur les bras la nouvelle d'un écrivain qui n'a écrit qu'un seul roman et celle de John Updike qui est aussi bonne... peut-être meilleure... et... »

« *La nouvelle d'Updike n'est pas meilleure !* » me suis-je écrié.

« Nom de Dieu, Henry, tu n'as pas besoin de hurler comme ça... »

« *Je ne hurle pas !* » ai-je hurlé.

Il m'a observé un long moment. Mon mal de tête devenait insupportable. Je pouvais entendre le bourdonnement des tubes fluorescents. Ça ressemblait au bruit produit par une nuée de mouches prisonnières d'une bouteille. C'était vraiment un bruit détestable. Et j'ai cru entendre marcher le taille-crayon électrique de Janey. *Ils le font exprès,* ai-je pensé. *Ils veulent me faire perdre les pédales. Ils savent que je ne peux pas penser correctement quand tous ces engins fonctionnent, alors... alors...*

Jim était en train de dire quelque chose à propos du fait qu'il soulèverait la question lors du prochain comité de rédaction et suggérerait qu'au lieu de fixer une date arbitraire, ils publient toutes les nouvelles pour lesquelles je m'étais engagé verbalement... quoique...

Je me suis dressé d'un bond, j'ai traversé la pièce et j'ai éteint toutes les lumières.

« Qu'est-ce qui te prend ? » a demandé Jimmy.

« Tu sais parfaitement ce qui me prend, ai-je répondu. Il faut que tu sortes d'ici, Jimmy, avant qu'il ne reste plus rien de toi. »

Il s'est levé et s'est approché de moi.

« Je pense que tu devrais t'arrêter pour le restant de la journée, Henry, a-t-il dit. Rentre chez toi. Repose-toi. Je sais que tu as subi un choc récemment. Je veux que tu saches que je ferai tout ce qui est en mon pouvoir à propos de cette affaire. Je suis aussi convaincu que toi... disons presque aussi convaincu. Mais tu devrais vraiment rentrer chez toi, poser tes pieds sur la table et regarder la télé. »

« La télé ! » me suis-je exclamé, et j'ai éclaté de rire. C'était la chose la plus drôle que j'aie jamais entendue.

« Jimmy, ai-je dit, tu diras encore autre chose de ma part à Sam Vadar. »

« Quoi donc, Henry ? »

« Dis-lui qu'il a besoin d'un Fornit. De toute la panoplie. Un Fornit ? Que dis-je ? Une douzaine d'entre eux plutôt. »

« Un Fornit, dit-il en hochant la tête. D'accord, Henry. Je ne manquerai pas de lui en parler. »

J'avais très mal à la tête. J'y voyais à peine. Quelque part au fond de moi, je me demandais déjà comment j'allais annoncer cette nouvelle à Reg et comment il allait prendre les choses.

« Je ferai moi-même le bon d'achat, si je sais à qui je peux l'envoyer, ai-je dit. Reg aura peut-être quelques idées. Une douzaine de Fornits. Il faudra les persuader de répandre de la poudre de fornus un peu partout. Il faut couper le courant. Sans faire aucune exception. »

J'arpentais son bureau et Jimmy me dévisageait, bouche bée.

« Il faut couper tout le courant, Jimmy, n'oublie pas de le leur dire. Dis-le à Sam. Personne ne peut penser avec toutes ces interférences électriques, n'est-ce pas ? »

« Tu as raison, Henry. À cent pour cent. Rentre tranquillement chez toi et repose-toi bien, d'accord ? Fais une sieste ou quelque chose comme ça. »

« Et les Fornits. Ils n'aiment pas toutes ces interférences. Radium, électricité, tout ça c'est pareil. Nourrissez-les avec de la mortadelle. Du gâteau. Du beurre de cacahuètes. Pouvons-nous passer une commande de ces denrées ? »

Mon mal de tête s'était changé en une boule noire douloureuse derrière les yeux. Je voyais Jimmy en double, tout en double. Soudain, j'ai eu soif. S'il n'y avait pas de fornus

– et la part rationnelle de mon esprit m'assurait qu'il n'y en avait pas – alors un verre était la seule chose au monde qui puisse me soulager.

« Bien sûr, on peut passer une commande », a-t-il répondu.

« Tu ne crois pas un mot de tout cela, n'est-ce pas, Jimmy ? » ai-je demandé.

« Bien sûr que si. Tout va bien. Tu as seulement besoin de rentrer chez toi et de te reposer un peu. »

« Tu n'y crois pas pour l'instant, ai-je continué, mais peut-être que tu y croiras quand ce torchon devra déposer son bilan. Comment, au nom du Ciel, peux-tu croire que tu prends des décisions rationnelles lorsque tu es assis à moins de quinze mètres de distributeurs de Coca-Cola, de distributeurs de bonbons, de distributeurs de sandwichs ? »

Puis j'ai été traversé par une pensée horrible.

« *Et un four à micro-ondes !* lui ai-je crié. *Ils ont un four à micro-ondes pour réchauffer les sandwichs !* »

Il a commencé à dire quelque chose, mais je n'y ai prêté aucune attention. Je me suis rué dehors. Ce four à micro-ondes expliquait tout. Il fallait que je m'en éloigne. C'est pour ça que j'avais si mal à la tête. Je me souviens d'avoir vu Janey et Kate Younger du service des petites annonces et Merl Strong de celui de la publicité dans le bureau d'à côté ; ils me regardaient tous fixement. Ils avaient dû m'entendre crier.

Mon bureau se trouvait à l'étage en dessous. J'y suis descendu par l'escalier. J'ai éteint toutes les lumières et ai attrapé ma mallette. J'ai pris l'ascenseur jusqu'au hall d'entrée, mais j'ai déposé ma mallette entre mes pieds et me suis bouché les oreilles avec les doigts. Je me souviens aussi que les trois ou quatre personnes qui se trouvaient dans l'ascenseur m'ont regardé d'un air plutôt étrange.

L'éditeur eut un petit rire étouffé.

– Ils avaient peur. Il faut le dire. Enfermés dans une petite boîte mobile avec un type visiblement fou, vous auriez eu peur aussi.

– Oh, sûrement, c'est assez impressionnant, dit la femme de l'agent.

– Pas du tout. Il faut bien que la folie commence *quelque part*. Si cette histoire a une quelconque signification – si on peut jamais dire que les événements de sa propre vie ont une quelconque signification –, alors ceci est l'histoire de la genèse de la folie. Il faut bien que la folie commence quelque part et qu'elle aboutisse quelque part. Comme une route. Ou comme une balle glissée dans le canon d'un pistolet. J'étais encore à des kilomètres derrière Reg Thorpe, mais j'avais pris le départ. Aucun doute là-dessus.

Il fallait bien que j'aille quelque part, alors, je me suis rendu au Four Fathers, un bar de la 49e Rue. Je me souviens de l'avoir choisi car il n'y avait ni juke-box ni télé couleur et peu de lumière électrique. Je me souviens d'avoir commandé un premier verre. Ensuite, j'ai tout oublié jusqu'à mon réveil le lendemain dans mon lit, chez moi. Il y avait du vomi sur le sol et une large brûlure de cigarette sur le drap qui me recouvrait. Apparemment, dans mon hébétude, j'avais échappé à deux types de mort tout à fait horribles... étouffer ou brûler vif. Ce n'est pas que j'aurais senti grand-chose, d'ailleurs...

– Seigneur ! s'écria l'agent presque respectueusement.

– C'était le trou noir, continua l'éditeur ; le premier vrai trou noir de ma vie – mais ils sont toujours signes, que la fin approche et il n'y en a jamais beaucoup. D'une façon ou d'une autre, il n'y en a jamais beaucoup. Mais tout alcoolique vous dira qu'un trou noir n'est pas comparable à un évanouissement. Ça serait tellement plus simple si ça l'était. Non, quand un alcoolo a un trou noir, il continue à *agir*. Un alcoolo dans un trou noir est un petit diable très actif. Une sorte de Fornit malveillant. Il appellera son ex-femme et l'injuriera au téléphone ou engagera sa voiture en sens interdit sur l'échangeur et emboutira une voiture pleine de gamins. Il quittera son emploi, dévalisera un magasin, se débarrassera de son alliance. Des petits diables très actifs.

Ce que *moi* j'avais fait, apparemment, c'était rentrer chez moi et écrire une lettre. Sauf que celle-ci n'était pas adressée à Reg. Elle m'était adressée. Et ce n'était pas *moi* qui l'avais écrite – du moins d'après la lettre ce n'était pas *moi*.

– Qui alors ? demanda la femme de l'écrivain.

– Bellis.

– Qui est Bellis ?

– Son Fornit, dit l'écrivain d'un air absent. (Ses yeux étaient vagues et lointains.)

– Oui, c'est bien ça, dit l'éditeur, sans paraître le moins du monde surpris. (Il réécrivit la lettre pour eux dans la douceur de l'air du soir, en marquant les temps forts de son doigt.) « Bien le bonjour de Bellis. Tes problèmes m'affectent beaucoup, cher ami, mais je voudrais te faire remarquer tout de suite que tu n'es pas le seul à en avoir. La tâche n'est pas facile pour moi. Je peux saupoudrer de fornus ta foutue machine jusqu'à la fin des temps mais faire bouger les TOUCHES, c'est ton affaire. Voilà POURQUOI Dieu a créé les humains. Ainsi je partage tes soucis, mais c'est tout ce que je peux faire.

« Je comprends ton inquiétude pour Reg Thorpe. Je ne m'inquiète pas pour Thorpe mais pour mon frère Rackne. Thorpe s'inquiète de ce qui va lui arriver si Rackne s'en va, mais seulement parce qu'il est égoïste. La malédiction quand on est au service des écrivains c'est qu'ils sont *tous* égoïstes. Thorpe ne s'inquiète pas de savoir ce qui va arriver à Rackne Si LUI s'en va. Ou devient *el bonzo seco.* Ces pensées n'ont apparemment jamais effleuré son âme oh si sensible. Mais, heureusement pour nous, tous nos malheureux problèmes trouvent toujours la même solution à court terme, alors j'éreinte mes bras et mon corps minuscule pour te les offrir, ami ivrogne. Tu te demandes sans doute quelles sont les solutions à long terme ; je t'assure qu'il n'y en a pas. Toutes les blessures sont mortelles. Prends ce qu'on t'offre. S'il y a quelquefois du mou dans la corde elle a cependant toujours une extrémité. Et après ? Réjouis-toi de l'existence du mou et ne gaspille pas ton énergie à maudire l'extrémité. Un cœur reconnaissant sait qu'à la fin nous nous balançons tous.

« Il faut que tu le paies toi-même pour la nouvelle. Mais pas avec un chèque personnel. Les problèmes mentaux de Thorpe sont sérieux et peut-être dangereux, mais ils ne signifient en aucune façon la stupidité. »

L'éditeur s'arrêta ici et épela : *s-t-u-p-p-i-d-i-t-é*. Puis il continua.

– « Si tu lui donnes un chèque personnel, il ne lui faudra pas plus de neuf secondes pour comprendre.

« Retire huit cents et quelques dollars de ton compte personnel et fais ouvrir un nouveau compte au nom des Arvin Publishing Inc. Assure-toi qu'ils te fourniront des chèques qui font sérieux... pas avec de mignons petits chiens ou des vues de canyons. Trouve un ami, quelqu'un en qui tu puisses avoir confiance et fais-en le cotitulaire du compte. Quand les chèques arriveront, émets-en un de huit cents dollars et fais-le signer par ton associé. Envoie le chèque à Reg Thorpe. Dans l'immédiat, ça réglera le problème. » C'est tout. C'était signé : « Bellis. » Pas à la main. À la machine.

– Ouaaah ! s'exclama l'écrivain.

– Quand je me suis levé, la première chose que j'ai remarquée, ça a été la machine à écrire. On aurait dit que quelqu'un l'avait transformée en machine à écrire fantôme d'un film de troisième catégorie. La veille, c'était une vieille Underwood noire. Lorsque je me suis levé – avec une tête aussi grosse que le Dakota du Nord – elle était plutôt grisâtre. Les dernières phrases de la lettre étaient serrées les unes contre les autres et décolorées. J'ai jeté un coup d'œil et j'ai pensé que ma vieille et fidèle Underwood était probablement au bout du rouleau. J'ai passé le doigt dessus, l'ai léché et me suis rendu à la cuisine. Il y avait un sac de sucre glace entamé sur le comptoir. Une mesure était plongée dedans. Du sucre glace était répandu partout entre la cuisine et le petit bureau où je travaillais à cette époque.

– Pour nourrir votre Fornit, dit l'écrivain. Bellis était gourmand. En tout cas c'est ce que vous pensiez.

– Oui, mais malgré ma nausée et ma gueule de bois, je savais parfaitement bien qui était le Fornit. (Il énuméra en comptant sur ses doigts.) Premièrement, Bellis était le nom de jeune fille de ma mère. Deuxièmement, cette expression *el bonzo seco* était celle que nous utilisions mon frère et moi pour dire « fou ». Du temps où nous étions gamins. Troisièmement, et c'est certainement le plus exaspérant, il y avait l'orthographe du mot « stupidité ». C'est l'un des mots dont j'estropie en général l'orthographe. J'ai connu un écrivain des plus cultivés qui écrivait toujours « réfrigérateur » avec deux *f* – reffrigérateur – bien que les correcteurs lui aient signalé cette faute maintes fois. Et pour ce type, docteur de l'université de Princeton, « affreux » devenait toujours « afreux ».

La femme de l'écrivain laissa échapper un rire soudain, à la fois gêné et joyeux.

– Je fais la même chose.

– Ce que je veux dire, c'est que les fautes d'orthographe d'un homme ou d'une femme sont ses empreintes digitales littéraires. Posez la question à n'importe quel correcteur qui a travaillé un certain nombre de fois sur les textes du même écrivain.

Non, Bellis c'était moi et j'étais Bellis. Et pourtant le conseil était sacrément bon. En fait j'ai pensé que c'était un *excellent* conseil. Mais il y a autre chose : si le subconscient laisse ses empreintes, il y a également un étranger, là, au fond. Un sacré drôle de type qui en sait sacrément long. Je n'avais jamais de ma vie vu ce mot « cotitulaire », tout au moins à ma connaissance... mais il était là, et il sonnait juste et j'ai découvert quelque temps plus tard que c'est en fait celui qu'utilisent les banques.

J'ai décroché le téléphone pour appeler un ami et – incroyable ! – une décharge douloureuse m'a vrillé la tête. J'ai pensé à Reg Thorpe et à son histoire de radium et j'ai raccroché sans attendre. Je me suis déplacé pour voir mon ami après avoir pris une douche, m'être rasé et avoir vérifié neuf fois devant le miroir que mon apparence était approximativement celle qu'on attend d'un être humain normal. Pourtant, il m'a posé des tas de questions et m'a inspecté de très près. Alors, j'imagine qu'il devait rester des signes qu'une douche, un rasage et une bonne dose de Listérine[1] ne pouvaient cacher. Il n'était pas de la profession et cela facilitait les choses. Les nouvelles vont vite, vous

1. Lotion buccale désinfectante. (*N.d.T.*)

savez, dans le métier. Façon de parler. Ainsi, s'il avait été dans la profession, il aurait su que les éditions Arvin étaient responsables du *Logan's* et il se serait demandé quel genre de combine j'étais en train de mettre sur pied. Mais il ne l'était pas, il ne s'est posé aucune question et j'ai pu lui raconter que j'avais envie de me lancer dans l'édition puisque le *Logan's* avait décidé de liquider le service des fictions.

– Vous a-t-il demandé pourquoi vous aviez choisi le nom d'Arvin ? demanda l'écrivain.

– Oui.

– Que lui avez-vous répondu ?

– Je lui ai dit qu'Arvin était le nom de jeune fille de ma mère, répliqua l'éditeur avec un sourire las.

Après un temps de silence il reprit ; il parla presque sans interruption jusqu'à la fin.

– Tout d'abord j'ai attendu que les chèques soient imprimés ; en fait il ne m'en fallait qu'un. J'ai fait de l'exercice pour passer le temps. Vous voyez le genre : prendre un verre, plier le coude, vider le verre, plier le coude de nouveau. Je n'ai pas eu que ces activités, mais ce sont les seules qui m'aient réellement occupé l'esprit : attendre et plier le coude. Autant que je m'en souviens. Je le précise à nouveau car j'étais presque toujours saoul et, pour chaque chose dont je me souviens, il y en a probablement cinquante ou soixante que j'ai oubliées.

J'ai abandonné mon boulot... au grand soulagement de tous, sans aucun doute. En ce qui les concernait, parce qu'ils n'avaient pas à accomplir l'acte existentiel qui consistait à me virer pour folie d'un service qui n'existait plus. Pour moi, parce que je ne pensais pas pouvoir me retrouver une fois de plus dans cet immeuble... l'ascenseur, les tubes fluorescents, les téléphones, l'idée de toute cette électricité aux aguets.

Pendant ces trois semaines, j'ai écrit à Reg Thorpe et à sa femme, quelques lettres à chacun. Je me souviens de l'avoir fait pour elle mais pas pour lui – comme la lettre de Bellis ; j'ai écrit les siennes pendant des périodes de trou noir. Mais j'ai conservé mes vieilles habitudes de travail quand j'étais bourré, comme j'ai conservé mes bonnes vieilles fautes d'orthographe. Je n'ai jamais manqué d'utiliser un carbone... et quand je revenais à moi le lendemain matin, les carbones étaient restés éparpillés. C'était comme si je lisais les lettres d'un étranger.

Ce n'est pas que ces lettres aient été délirantes. Pas du tout. Celle terminée par le post-scriptum à propos du mixer était bien pire. Ces lettres semblaient... presque sensées.

Il s'arrêta et secoua lentement la tête, l'air fatigué.

– Pauvre Jane Thorpe. Non pas que la situation *parût* si mauvaise à la fin. Il devait lui sembler que l'éditeur de son mari déployait beaucoup d'habileté et d'intelligence pour tirer celui-ci d'une dépression qui empirait. Est-ce ou non une bonne idée de ménager quelqu'un qui entretient toutes sortes de délires paranoïaques – au point d'en arriver presque, une fois, à agresser une petite fille –, la question l'avait probablement effleurée. Pour sa part elle avait choisi d'en ignorer les aspects négatifs car elle aussi le ménageait. Je ne l'en ai jamais blâmée moi non plus ; il ne représentait pas seulement l'assurance du pain quotidien, il n'était pas un cheval qu'on soigne et bichonne jusqu'à l'abattoir final. Elle l'aimait, ce gars-là. À sa manière, Jane Thorpe était une grande dame. Après avoir vécu avec Reg le temps de la rencontre, puis celui de l'épanouissement et enfin celui de la folie, elle aurait, à mon avis, été d'accord avec Bellis : il fallait profiter du sursis que lui laissait le mou et non s'épuiser à maudire la chute. Évidemment, plus il y a de mou, plus la secousse est brutale lorsque vous arrivez au bout de la corde... mais cette brutalité même peut être vécue comme un bienfait, je suppose, car qui souhaite s'étrangler ?

J'ai reçu leurs réponses à tous deux pendant cette courte période, des lettres très ensoleillées... bien que ce soleil ait eu quelque chose d'étrange, quelque chose d'apocalyptique. On aurait dit que... non, foin de philosophie à bon marché. Si j'arrive à préciser un peu mes idées, je m'expliquerai. Continuons.

Il jouait tous les soirs avec les enfants des voisins ; et lorsque les feuilles ont commencé à tomber, ils en étaient presque à voir en Reg Thorpe une réincarnation de Dieu. Quand ils ne jouaient pas aux cartes ou au frisbee, ils parlaient littérature et Reg se moquait gentiment d'eux. Il avait été chercher un petit chien à la fourrière du coin, le promenait matin et soir et, comme quiconque promène son cabot, rencontrait d'autres gens du quartier. Ceux qui pensaient que les Thorpe étaient vraiment bizarres se mirent à changer d'avis. Quand Jane a suggéré qu'à défaut d'appareils électriques elle avait besoin d'un petit peu d'aide ménagère, Reg a tout de suite été d'accord. Elle a été émerveillée par la bonne humeur avec laquelle il avait accepté cette idée. Le problème n'était pas financier – *Les Mafiosi* leur avait permis de mettre du beurre dans les épinards – mais, selon Jane, *ils* risquaient de poser problème. D'après Reg, *ils* étaient partout, et quel meilleur agent pouvaient-*ils* avoir qu'une femme de ménage qui allait partout dans la maison, regardait sous les lits, dans les placards et peut-être dans les tiroirs du bureau, s'ils n'étaient pas fermés à clé et cloués par-dessus le marché ?

Mais il lui a donné son accord, lui a dit qu'il n'était qu'un goujat sans cœur de n'y avoir pas pensé plus tôt, même s'il accomplissait lui-même – et elle était fière de me le raconter – les travaux les plus pénibles comme le lavage à la main. Il demanda seulement une petite faveur : que l'entrée de son bureau soit interdite à cette femme. Le meilleur signe, le plus encourageant pour Jane, c'était que Reg s'était remis au travail, avait attaqué un nouveau roman. Elle avait lu les trois premiers chapitres et les trouvait merveilleux. Tout cela, disait-elle, avait commencé lorsque j'avais accepté « La Ballade de la balle élastique » pour le *Logan's* – la période précédente avait vraiment marqué le creux de la vague. Et elle me bénissait pour cela.

Je suis sûr qu'elle était sincère, mais sa bénédiction était dénuée de réelle chaleur et l'éclat de sa lettre était quelque peu assombri – *nous y revoilà.* Le soleil de sa lettre était semblable à celui d'une journée où le ciel est couvert de nuages pommelés annonciateurs d'une imminente pluie diluvienne.

Toutes ces bonnes nouvelles – les parties de cartes, le chien, la femme de ménage et le nouveau roman – et pourtant, elle était trop intelligente pour croire vraiment qu'il allait mieux... du moins c'est ce que j'ai cru comprendre du fond de mon brouillard. Reg avait présenté des symptômes de psychose. La psychose ressemble d'une certaine manière au cancer du poumon ; aucune de ces deux maladies ne disparaît comme par enchantement bien que les cancéreux comme les fous puissent avoir leurs bons jours. Chère amie, puis-je vous emprunter une autre cigarette ?

La femme de l'écrivain lui en offrit une.

– Après tout, reprit-il en sortant son Ronson, elle était cernée par les indices de son *idée fixe*[1]. Pas de téléphone, pas d'électricité. Il avait scotché tous les commutateurs. Il mettait de la nourriture dans sa machine à écrire aussi régulièrement qu'il en mettait dans le plat du nouveau petit chien. Les étudiants d'à côté pensaient que c'était un type extra, mais les étudiants d'à côté ne l'avaient pas vu enfiler des gants de caoutchouc pour saisir le journal sur le seuil, le matin, par crainte des radiations. Ils ne l'entendaient pas gémir dans son sommeil, n'avaient pas eu à le calmer lorsqu'il se réveillait en hurlant à cause d'horribles cauchemars dont il ne gardait aucun souvenir.

Vous, ma chère, dit-il en se tournant vers la femme de l'écrivain, vous vous êtes demandé pourquoi elle est restée avec lui. Bien que vous n'en ayez rien dit, vous vous l'êtes demandé. N'est-ce pas ?

Elle acquiesça.

– Oui. Mais je ne vais pas épiloguer interminablement sur la raison des choses. Ce qui est bien avec les histoires vraies, c'est qu'il vous suffit de dire : *Voici ce qui s'est passé,* en laissant aux gens le soin de s'interroger sur le pourquoi. En général, personne ne sait pourquoi les choses arrivent, de toute façon... surtout pas ceux qui prétendent le savoir.

1. En français dans le texte. (*N.d.T.*)

Mais selon la perception sélective de Jane Thorpe, les choses *s'étaient* sacrément améliorées. Pour le ménage, elle s'était entendue avec une Noire d'âge mûr et était parvenue à parler aussi franchement que possible des manies de son mari. La femme, qui s'appelait Gertrude Rulin, avait éclaté de rire puis déclaré qu'elle avait travaillé pour des gens beaucoup plus bizarres encore. Jane avait vécu cette première semaine de travail de Mme Rulin de la même manière qu'elle avait vécu la première visite aux voisins... toujours prête à un quelconque éclat délirant. Mais Reg avait charmé Mme Rulin comme il avait charmé les jeunes voisins, parlant avec elle de ses activités à l'église, de son mari et de son plus jeune fils, Jimmy, à côté duquel, selon Gertrude, Denis la Menace aurait fait figure d'enfant de chœur. Elle avait eu onze enfants en tout, mais il y avait une différence de neuf ans entre Jimmy et celui qui le précédait. Il lui menait la vie dure.

Reg semblait aller mieux... du moins, si vous regardiez les choses sous un certain angle, il allait mieux. Mais il était plus fou que jamais, bien sûr, et moi aussi. La folie est peut-être une sorte de balle élastique mais n'importe quel expert en balistique digne de ce nom vous dira qu'il n'existe pas deux balles parfaitement identiques. Dans une de ses lettres, Reg, après m'avoir touché deux mots de son nouveau roman, était passé sans transition à un développement sur les Fornits. Les Fornits en général, Rackne en particulier. Il se demandait s'*ils* voulaient vraiment tuer les Fornits ou bien – ce qui était plus probable à son avis – les capturer vivants pour les étudier. Il terminait par ces mots : « Henry, mon appétit et ma façon de voir la vie se sont beaucoup améliorés depuis que nous avons commencé à correspondre. En suis très heureux. Affectueusement vôtre, Reg. » Un peu plus bas, un P.-S. me demandait si on avait choisi un illustrateur pour sa nouvelle. Ça a provoqué chez moi un accès de culpabilité ou deux, et une visite immédiate au coffret à liqueurs.

Reg était dans les Fornits, moi, dans les fils électriques.

Ma réponse se contentait d'effleurer le sujet des Fornits ; je ne le contredisais alors pas, du moins sur ce sujet. Un elfe affublé du nom de jeune fille de ma mère et affligé des fautes d'orthographe qui m'étaient propres ne m'intéressait pas beaucoup.

Ce qui m'intéressait de plus en plus, c'était l'électricité et les micro-ondes et les ondes hertziennes et les interférences des ondes hertziennes causées par les petits appareils et les radiations de faible amplitude et Dieu sait quoi encore. Je suis allé à la bibliothèque et j'ai emprunté des livres sur le sujet. J'ai fait l'acquisition de livres sur le sujet. Ils étaient pleins de trucs effrayants... c'était exactement le genre de trucs qui m'attiraient.

J'avais fait suspendre ma ligne téléphonique et couper le courant. Ça m'avait soulagé quelque temps, mais une nuit, alors que je titubais ivre devant la porte, une bouteille de Black Velvet dans une main et une autre dans la poche de mon pardessus, je vis au plafond un petit œil rouge qui me regardait fixement. Seigneur, pendant une minute, j'ai cru que j'allais avoir une crise cardiaque. Au premier coup d'œil, vu d'en bas, ça ressemblait à un insecte... un grand et gros insecte noir avec un œil unique, rougeoyant.

J'avais une lampe à gaz Coleman ; je l'ai allumée. Tout de suite j'ai vu ce que c'était. Seulement, au lieu d'être soulagé, je me suis senti plus mal encore. Dès que je l'ai eu regardé, j'ai senti des irradiations qui se propageaient dans ma tête... telles des ondes de radio. Pendant un moment, ça a été comme si mes yeux s'étaient retournés dans leurs orbites et que je pouvais observer mon propre cerveau et y voir les cellules fumer, noircir, mourir. C'était un détecteur de fumée... un gadget plus nouveau encore en 1969 que les fours à micro-ondes.

Je suis sorti en trombe de l'appartement, je suis descendu – j'habitais au quatrième mais à l'époque je n'empruntais plus que les escaliers – et j'ai martelé la porte du gardien. Je lui ai dit que je voulais qu'on m'enlève ce truc, que je voulais qu'on l'enlève *sur-le-champ,* que je voulais qu'on l'enlève *le soir même,* que je voulais qu'on l'enlève *dans l'heure qui suivait.* Il m'a regardé comme si j'étais devenu complètement – pardonnez-moi l'expression – *bonzo seco,* et je comprends parfaitement sa réaction à présent. Ce détecteur de fumée était censé me *rassurer,* me *protéger.* Aujourd'hui, bien sûr, ils sont obligatoires, mais à l'époque, c'était un grand pas en avant, payé par l'association des locataires de l'immeuble.

Il l'a enlevé – ça n'a pas traîné – mais sans jamais me quitter des yeux, et, d'une certaine façon, j'étais capable de comprendre ce qu'il ressentait. J'étais mal rasé, je puais le whisky, mes cheveux étaient hirsutes, mon pardessus sale. Il savait certainement que je ne travaillais plus ; que j'avais fait enlever ma télévision ; que ma ligne téléphonique et mon abonnement électrique avaient été volontairement suspendus. Il pensait que j'étais fou.

J'étais peut-être fou mais – comme Reg – je n'étais pas stupide. J'ai déployé tout mon charme. Les éditeurs doivent en posséder une certaine dose, vous savez. Et j'ai graissé les rouages avec un billet de dix dollars. J'ai finalement réussi à apaiser les choses, mais j'ai compris à la façon dont l'on me dévisagea durant les deux semaines suivantes – mes deux dernières semaines dans l'immeuble – que l'histoire avait fait son chemin. Qu'aucun membre de l'association des locataires ne soit intervenu avec vacarme et fureur pour me reprocher mon ingratitude était particulièrement significatif. Je suppose qu'ils pensaient que je risquais de les attaquer avec un couteau de boucher.

Ce soir-là cependant, tout cela n'était que très secondaire dans l'ordre de mes pensées. Je suis resté assis dans le halo de ma lampe Coleman, seule source lumineuse dans mes trois pièces si l'on exceptait les lumières électriques de Manhattan qui rentraient à flots par les fenêtres. Je suis resté assis, une bouteille dans une main, une cigarette dans l'autre, les yeux fixés sur la plaque du plafond, là où le détecteur de fumée et son unique œil rouge se trouvaient auparavant – un œil si discret pendant la journée que je ne l'avais pas remarqué plus tôt. Je ressassais l'indiscutable constat que, alors que j'avais fait couper l'électricité chez moi, cet accessoire vivant avait continué à fonctionner... et s'il y en avait un, il se pouvait très bien qu'il y en ait d'autres.

Même s'il n'y en avait pas, l'immeuble tout entier était pourri de fils électriques – il était infesté de fils électriques de la même façon qu'un homme qui va mourir du cancer est infesté de cellules diaboliques et d'organes en décomposition. Fermant les yeux je pouvais voir tous ces fils dans l'ombre de leurs gaines, émettant une sorte de lumière verte infernale. Et au-delà d'eux, la ville tout entière. Un fil, presque inoffensif par lui-même, courant vers un boîtier de dérivation... le fil sortant un peu plus épais du boîtier, descendant par une gaine à la cave où il rejoignait un fil plus gros encore... celui-ci plongeant sous la rue pour s'unir à un groupe de fils, sauf que ceux-ci étaient si épais qu'ils formaient en fait des câbles.

Quand j'ai reçu la lettre dans laquelle Jane Thorpe mentionnait la feuille de papier d'aluminium, une part de mon cerveau a bien perçu qu'elle y voyait une manifestation de la folie de Reg et cette part savait qu'il me faudrait lui répondre comme si mon cerveau *tout entier* reconnaissait qu'elle avait raison. L'autre part – de loin la plus importante à ce moment-là – a pensé : *Quelle excellente idée !* et dès le lendemain j'ai recouvert mes propres interrupteurs de la même façon. J'étais, souvenez-vous, celui qui était censé aider Reg Thorpe. Si l'on est cynique, c'est en fait assez drôle.

J'ai décidé ce soir-là de quitter Manhattan. Je pouvais occuper une vieille maison de famille dans les Adirondacks et ça m'a semblé parfait. La seule chose qui me retenait en ville c'était la nouvelle de Reg Thorpe. Si « La Ballade de la balle élastique » était la bouée de sauvetage de Reg dans un océan de folie, c'était aussi la mienne – je voulais la faire accepter par un bon magazine. Cela fait je pourrais me tirer.

Voilà où en était la correspondance Wilson-Thorpe, restée peu connue des annales, juste avant que la merde éclabousse tout. Nous étions comme un couple de drogués à l'agonie en train de comparer les mérites respectifs de l'héroïne et du Mandrax. Reg avait des Fornits dans sa machine à écrire, j'avais des Fornits dans les murs, et nous avions tous deux des Fornits dans la tête.

Et il y avait *ils*. N'oubliez pas *ils*. Je n'ai pas eu besoin de me balader bien longtemps avec la nouvelle pour décider qu'*ils* incluaient tous les éditeurs de fiction de New York sans exception... non qu'il en restât beaucoup à l'automne 1969 : si vous les aviez rassemblés, vous auriez pu les tuer tous d'une seule balle, et très vite je me suis mis à penser que ce serait une sacrément bonne idée.

Il m'a fallu environ cinq ans avant de pouvoir comprendre leur point de vue. Voilà un gars dont je venais de gâcher le dîner et qui se retrouvait en face d'un dingue alors qu'il n'avait qu'une préoccupation : ses étrennes de Noël. Les autres mecs... eh bien, l'ironie de l'affaire, c'est qu'un grand nombre d'entre eux *étaient vraiment* mes amis. Ainsi, par exemple, Jared Baker, assistant à cette époque à la rubrique fiction d'*Esquire* ; eh bien, Jared et moi avions combattu dans la même section de tirailleurs pendant la Seconde Guerre mondiale. Ces types ne se sont pas simplement montrés mal à l'aise devant ce nouvel avatar de Henry Wilson. Ils ont été horrifiés. Si je m'étais contenté d'envoyer la nouvelle avec une lettre aimable pour expliquer la situation – ma version des faits en tout cas – j'aurais sans doute vendu très rapidement le récit de Thorpe. Mais oh non, ça n'était pas suffisant. Pas pour cette nouvelle. J'allais veiller à ce que ce récit reçoive un traitement personnalisé. J'ai donc fait du porte-à-porte, moi, l'ex-éditeur malodorant, aux cheveux grisonnants, aux mains tremblotantes et aux yeux rouges, avec un énorme hématome jaunissant sur la joue gauche, trace d'une rencontre, dans l'obscurité, avec la porte de la salle de bains, deux nuits auparavant, sur le chemin des gogues. J'aurais pu tout aussi bien arborer une pancarte précisant ATTENDU À CHARENTON.

Je n'ai pas voulu non plus parler à ces mecs dans leurs bureaux. En fait, ça m'était impossible. Il y avait bien longtemps que je ne pouvais plus pénétrer dans un ascenseur et monter quarante étages. Je les ai donc rencontrés comme les revendeurs d'héroïne rencontrent les junkies... dans des parcs, sur des marches d'escalier, ou, comme pour Jared Baker, dans un Burger Heaven de la 49e Rue. Jared aurait au moins aimé m'offrir un repas décent, mais on n'en était plus au temps où tout maître d'hôtel digne de ce nom m'aurait laissé rentrer dans un restaurant fréquenté par les hommes d'affaires.

L'agent cligna de l'œil.

– On me promettait vaguement que la nouvelle serait lue, puis on m'interrogeait avec inquiétude sur ma santé, sur la quantité d'alcool que j'ingurgitais. Je me souviens – vaguement – d'avoir tenté d'expliquer à certains d'entre eux que les fuites d'électricité et de radiations foutaient en l'air la pensée de chacun, et quand Andy Rivers, le responsable de la fiction pour l'*American Crossings,* m'a suggéré de me faire aider, je lui ai rétorqué que c'était *lui* qui avait besoin d'aide.

« Vous voyez tous ces gens là-bas dans la rue ? » lui ai-je demandé. Nous nous trouvions au Washington Square Park. « La moitié d'entre eux, peut-être même les trois quarts, ont une tumeur au cerveau. Je ne vous vendrai pour rien au monde la nouvelle de Thorpe, Andy. Pour sûr, dans cette ville, vous n'y comprendriez rien. Votre cerveau est sur la chaise électrique et vous ne vous en rendez même pas compte. »

J'avais à la main un exemplaire de la nouvelle, roulé comme un journal. Je l'ai frappé sur le nez avec, comme on frappe un chien qui vient de faire pipi dans un coin. Puis je me suis éloigné. Je me souviens qu'il m'a crié de revenir, qu'il a proposé de prendre une tasse de café pour rediscuter encore un peu de tout cela, et puis je suis passé devant un magasin de disques à prix réduit avec sur le trottoir des haut-parleurs crachant du heavy-metal et des rampes de lumière fluorescentes d'un blanc glacé à l'intérieur, et sa voix s'est perdue dans une sorte de bourdonnement sourd et profond à l'intérieur de mon crâne. Je me souviens d'avoir pensé deux choses : il fallait absolument que je quitte vite la ville, très vite, ou j'allais, moi aussi, attraper une tumeur au cerveau, et il me fallait immédiatement boire un verre.

Cette nuit-là, quand je suis rentré chez moi, j'ai trouvé un message sous la porte. Il disait : *« On veut que vous fichiez le camp d'ici, espèce de toqué. »* Je l'ai jeté sans lui accorder ne serait-ce qu'une seconde de réflexion. Nous les toqués vétérans avons bien d'autres chats à fouetter que les lettres anonymes des autres locataires.

Je repensais à ce que j'avais dit à Andy Rivers à propos de la nouvelle de Reg. Plus j'y pensais – et plus j'ingurgitais d'alcool – et plus je comprenais que « La Balle élastique » était drôle et, au premier degré, facile à appréhender... mais, sous les apparences, c'était incroyablement compliqué. Est-ce que je pensais vraiment qu'un autre éditeur de la ville pouvait comprendre la nouvelle dans toute sa complexité ? Auparavant peut-être, mais le croyais-je encore à présent que mes yeux s'étaient dessillés ? Pensais-je vraiment qu'il y avait place pour l'estime et la compréhension dans un endroit bourré de fils électriques comme une bombe de terroriste ? Seigneur, les volts en liberté s'échappaient de toutes parts.

J'ai lu le journal pendant qu'il y avait encore assez de lumière, essayant d'oublier pour un instant tout ce foutu monde pourri, et là, à la une du *Times,* se trouvait un article expliquant qu'il disparaissait sans arrêt des produits radioactifs des centrales atomiques... L'article se lançait ensuite dans des théories selon lesquelles une quantité suffisante de ce truc tombant entre certaines mains pourrait assez facilement être utilisée pour la fabrication d'une arme nucléaire vraiment dévastatrice.

Je suis resté là, assis à la table de la cuisine, pendant que le soleil descendait, et, avec mes yeux de l'intérieur, je *les* voyais laver à la batée, à la recherche de plutonium, comme les chercheurs d'or en 1849. Sauf qu'*ils* ne voulaient pas l'utiliser pour faire sauter la ville, oh non. *Ils* voulaient simplement le répandre partout et foutre en l'air le cerveau de tous. *Ils* étaient les mauvais Fornits, et toute cette poudre radioactive était du fornus porte-malheur. Le pire fornus porte-malheur de tous les temps.

J'ai décidé que je ne voulais pas vendre la nouvelle de Reg, après tout – tout au moins pas à New York. J'allais quitter la ville dès que les chèques commandés seraient arrivés. Une fois monté vers le Nord, je l'enverrais aux magazines littéraires de province. J'ai pensé que ce ne serait pas mal de commencer par la *Sewanee Review* ou peut-être l'*Iowa Review.* J'expliquerais tout à Reg plus tard. Reg comprendrait. Tout avait l'air résolu ainsi, alors j'ai bu un verre pour fêter ça. Puis le verre a bu un verre. Et puis le verre a bu l'homme. Pour ainsi dire. Je suis tombé dans le trou noir. J'allais me rendre compte que je ne disposais plus que d'un seul autre trou noir sur mon compte.

J'ai reçu le lendemain mes chèques au nom de la Arvin Company. J'en ai rempli un et me suis rendu chez mon ami, le cotitulaire. J'ai eu droit à un nouveau contre-examen, mais j'ai gardé cette fois tout mon sang-froid. Je voulais cette signature. J'ai fini par l'obtenir. Je suis allé dans un magasin de fournitures de bureau et leur ai fait faire sur-le-champ un tampon pour la Arvin Company. J'ai tamponné une adresse de retour sur une enveloppe commerciale, ai tapé l'adresse de Reg (il n'y avait plus de sucre glace dans ma machine, mais les touches avaient encore tendance à être poisseuses) et y ai griffonné un petit mot qui disait qu'aucun autre chèque envoyé à un auteur ne m'avait autant fait plaisir... et c'était vrai. Ça l'est toujours. Il m'a fallu presque une heure avant de me décider à le poster... Je ne parvenais pas à me lasser d'admirer son allure *officielle*. Vous n'auriez jamais deviné qu'un ivrogne malodorant qui n'avait pas changé de sous-vêtements depuis près de dix jours avait pu mettre au point *ce courrier*.

Il s'arrêta, écrasa sa cigarette, consulta sa montre. Puis, sur le ton étrange d'un conducteur annonçant l'arrivée d'un train dans une grande ville quelconque, il déclara :

– Nous avons atteint l'inexplicable. Voici le point de mon histoire qui a le plus intéressé les deux psychiatres et les différentes assistantes sociales avec qui j'ai été en relation pendant les trente mois qui ont suivi. C'était le seul fait qu'ils désiraient vraiment que je renie, comme gage de mon rétablissement. Ainsi que me l'a dit l'un d'entre eux, « c'est la seule partie de votre histoire qui ne peut avoir comme explication un raisonnement faussé... une fois, bien sûr, que votre sens de la logique aura été rétabli ». Je l'*ai* finalement renié, parce que je savais – même si eux ne le savaient pas – que j'allais mieux et que j'étais foutrement pressé de sortir de l'asile. Je savais que si je n'en sortais pas assez vite, je redeviendrais fou. Alors, j'ai abjuré – Galilée aussi, quand on a approché ses pieds du feu – mais dans ma tête je n'ai jamais abjuré. Je ne prétends pas que ce que je m'apprête à vous raconter se soit vraiment produit ; je dis simplement que *je crois toujours* que cela a eu lieu. Il y a là une petite différence mais, pour moi, elle est essentielle.

Et maintenant, mes amis, voici l'inexplicable.

J'ai consacré les deux jours suivants aux préparatifs de mon départ vers le Nord. Paradoxalement, l'idée de conduire la voiture ne me gênait pas du tout. J'avais, dans mon enfance, lu que l'intérieur d'une voiture est un des endroits les plus sûrs quand la foudre tombe car les pneus de caoutchouc constituent une isolation quasi parfaite. J'étais en fait impatient de m'installer dans ma bonne vieille Chevrolet, de monter soigneusement les vitres et de quitter la ville que j'avais commencé à percevoir comme un entonnoir à foudre. Néanmoins, toute une partie de mes préparatifs a consisté à retirer l'ampoule du plafonnier, à scotcher la douille et à tourner à fond, sur la gauche, le bouton de commande des lumières du tableau de bord pour les supprimer.

Quand je suis rentré chez moi pour passer ma dernière nuit dans l'appartement, celui-ci était vide à l'exception de la table de cuisine, du lit et de ma machine à écrire dans le bureau. Elle était posée par terre. Je n'avais nullement l'intention de l'emporter – elle évoquait trop de mauvais souvenirs et en outre les touches étaient maintenant définitivement collantes. *Que le prochain locataire en hérite,* ai-je pensé... *et de Bellis aussi par la même occasion.*

C'était le crépuscule et les couleurs étaient étonnantes. J'étais pas mal ivre et j'avais une autre bouteille dans mon pardessus, contre les insomnies. J'ai commencé à traverser le bureau, avec l'intention, je suppose, de me rendre dans la chambre. Là, je pourrais m'asseoir sur le lit et penser aux câbles, à l'électricité, aux radiations en liberté et boire jusqu'à ce que je sois assez saoul pour m'endormir.

Ce que je nommais le bureau était en fait la salle de séjour. J'en avais fait mon coin-travail parce que c'était la pièce la plus lumineuse de tout l'appartement avec sa grande fenêtre exposée plein ouest qui offrait une vue très large sur l'horizon. C'est, dans un appartement situé au quatrième étage d'une rue de Manhattan, un miracle du même ordre que celui de la multiplication des pains, mais de fait la perspective était dégagée. Je ne m'en étonnais pas, je me contentais d'en profiter. Cette pièce était baignée d'une délicieuse clarté même par temps de pluie.

Mais, ce soir-là, la qualité de la lumière était étrange. Le coucher de soleil avait empli la pièce d'un éclat rouge. Comme dans une fournaise. Vide, la pièce semblait trop grande. Mes talons renvoyaient un écho mat sur le plancher.

La machine à écrire trônait au milieu de la pièce et j'étais juste en train de la contourner quand j'ai aperçu un petit morceau de papier tout déchiré, coincé dans le rouleau... Ça m'a fait sursauter car je savais qu'il n'y avait pas de papier dans la machine la dernière fois que j'étais sorti m'acheter une nouvelle bouteille. J'ai balayé la pièce du regard en me demandant s'il n'y avait pas quelqu'un – un quelconque intrus – dans l'appartement avec moi. Sauf qu'il ne s'agissait pas vraiment des intrus, voleurs ou drogués, auxquels je pensais... mais de fantômes.

J'ai remarqué qu'il y avait un espace déchiqueté dans la tapisserie à gauche de la porte de la chambre. Au moins je comprenais d'où venait le papier coincé dans la machine à écrire. Quelqu'un avait tout simplement arraché un lambeau de vieux papier peint. Mes yeux étaient toujours rivés là-dessus quand j'ai entendu un petit bruit bien distinct – *clac* – derrière moi. J'ai sursauté et fait volte-face, le cœur battant la chamade. J'étais épouvanté mais je savais pourtant très bien ce qu'était ce bruit... il n'y avait aucun doute là-dessus. Quand vous avez travaillé toute votre vie avec les mots vous reconnaissez le bruit que produit une touche de machine à écrire quand elle frappe le papier, même à la tombée de la nuit dans une pièce vide où il n'y a personne pour appuyer sur la touche.

Muets, légèrement serrés les uns contre les autres à présent, ils le fixaient tous dans l'obscurité, leurs visages formant des cercles blancs aux contours vagues. La femme de l'écrivain étreignait convulsivement l'une des mains de son mari dans les siennes.

– Je me suis senti... extérieur à moi-même. Irréel. Peut-être est-ce la sensation que l'on ressent toujours quand on touche à l'inexplicable. Je me suis approché lentement de la machine. Mon cœur battait à tout rompre. Mais je gardais la tête froide... glacée, même.

Clac ! Une nouvelle tige s'est élevée. Je l'ai vue cette fois-ci ; la touche était au troisième rang, en partant du haut, sur la gauche. Je me suis mis à genoux, très lentement, et alors tous les muscles de mes jambes ont semblé se relâcher et je me suis affaissé sur le sol, jusqu'à ce que je sois assis là, face à la machine à écrire, mon pardessus London Fog crasseux étalé tout autour de moi comme la jupe d'une jeune fille qui vient d'exécuter sa révérence la plus plongeante. La machine a claqué deux fois encore, rapidement, s'est arrêtée, puis a claqué de nouveau. Chaque *clac* produisait le même écho mat que tout à l'heure mes pas sur le plancher.

Le papier peint avait été roulé dans la machine de façon que le côté couvert de colle sèche fût tourné vers l'extérieur. Les lettres étaient déformées par les creux et les bosses mais j'ai réussi à les déchiffrer : *rackn,* formaient-elles. Puis il y a eu un nouveau claquement et le mot est devenu *rackne.*

Puis... (Il s'éclaircit la gorge et grimaça un petit sourire.)... Même après tant d'années c'est difficile à raconter... à formuler tout simplement. Bon. Les faits nus, sans la moindre fioriture, sont les suivants. J'ai vu une main sortir de la machine à écrire. Une main incroyablement menue. Elle est sortie d'entre les touches B et N, sur le rang du bas, s'est arrondie en un poing et a frappé sur la barre d'espacement. La machine a sauté un blanc – très vite, comme un hoquet – et la main a replongé à l'intérieur.

La femme de l'agent émit un petit rire nerveux.

– Boucle-la, Marscha, murmura l'agent, et elle obtempéra.

– Les *clac* ont commencé à s'accélérer, continua l'éditeur, et au bout d'un moment j'ai entendu haleter la créature qui soulevait les bras des touches comme on le fait quand on travaille dur, à la limite de l'épuisement physique. Au bout d'un instant la machine n'a presque plus imprimé ; de plus, la plupart des touches étaient couvertes de ce vieux truc collant mais j'ai réussi à lire ce qui était écrit. Petit à petit s'est inscrit *rackne va m...,* mais ensuite, la touche O n'a pas pu se dégager de la colle. J'ai observé un moment et puis j'ai avancé un doigt et l'ai libérée. Je ne sais pas s'il – Bellis – aurait réussi à y parvenir seul. Je ne pense pas. Mais je ne voulais pas voir ça... le voir s'y essayer. La seule vue de son poing avait suffi à me faire vaciller sur mes cannes. Si j'avais vu l'elfe tout entier, façon de parler, je pense que j'aurais vraiment sombré dans la folie. Et il n'était pas question que je puisse me relever pour m'enfuir en courant. Je n'avais plus aucune force dans les jambes.

Clac-clac-clac, ces petits grognements et ces halètements d'effort et, après chaque mot, ce poing strié d'encre pâlie et de saleté qui sortait d'entre les lettres B et N pour venir frapper la barre d'espacement. Je ne sais exactement combien de temps ça a duré. Sept minutes peut-être. Peut-être dix. Ou peut-être une éternité.

Finalement les *clac* ont cessé et je me suis aperçu que je n'entendais plus sa respiration. Peut-être s'était-il évanoui... Peut-être avait-il simplement abandonné et était-il parti... ou peut-être était-il mort. Il avait eu une crise cardiaque ou quelque chose comme ça. Tout ce dont je suis sûr c'est que le message n'était pas achevé. On pouvait lire, en minuscules : *rackne va mourir c'est le petit garçon jimmy thorpe ne le sait pas préviens thorpe rackne va mourir le petit garçon jimmy est en train de tuer rackne bel...* et c'était tout.

J'ai alors trouvé assez d'énergie pour me redresser et je suis sorti de la pièce. J'ai marché sur la pointe des pieds, à grandes enjambées, comme si je pensais qu'il s'était endormi et que si je faisais à nouveau entendre l'un de ces bruits de pas mats sur le plancher, il se réveillerait et la frappe recommencerait... Et je pensais que s'il recommençait, au premier *clac* je me mettrais à hurler et que cette fois je n'arrêterais pas jusqu'à ce que mon cœur et ma tête éclatent.

Ma Chevrolet était garée sur le parking en bas de la rue. J'avais fait le plein, elle était chargée, prête à démarrer. Je me suis mis au volant et me suis souvenu de la bouteille glissée dans la poche de mon pardessus. Mes mains tremblaient tant que je l'ai laissée tomber mais elle a atterri sur le siège et ne s'est pas brisée.

Je me suis rappelé les trous noirs et, mes amis, à ce moment précis, c'est exactement ce que j'appelais de mes vœux et c'est exactement ce qui s'est passé. Je me souviens de la première gorgée bue au goulot et de la seconde. Je me souviens d'avoir tourné le bouton de la radio et d'avoir entendu Frank Sinatra chanter « That Old Black Magic ». Ça semblait assez à propos. Dans ces circonstances. Façon de parler. Je me souviens d'avoir fredonné en même temps que lui et d'avoir bu encore quelques gorgées. J'étais tout au fond du parking et d'où j'étais je voyais le feu du carrefour changer successivement de couleur. Je ne pouvais oublier les claquements mats dans la pièce déserte et la lumière rouge qui déclinait dans le bureau. Je ne pouvais oublier cette respiration haletante, comme celle d'un elfe qui ferait de la musculation et aurait accroché des plombs de pêche aux extrémités d'un Q-Tip et s'entraînerait aux poids et haltères dans ma vieille machine à écrire. Je ne pouvais oublier la surface rugueuse de l'envers de ce morceau de tapisserie arraché. Mon esprit ne cessait de s'interroger sur ce qui s'était passé avant mon retour chez moi... ne cessait de vouloir le voir – lui, Bellis – sautant, agrippant le coin décollé du papier peint près de la porte de la chambre, parce que c'était la seule chose qui restât dans la chambre rappelant le papier, s'y suspendant, réussissant enfin à l'arracher et le portant jusqu'à la machine sur *sa* tête comme une feuille de palmier. Je ne pouvais m'empêcher de me demander comment il – ça – avait bien pu faire pour le glisser sous le rouleau de la machine. Et je ne parvenais pas à tirer le rideau sur tout cela. Alors j'ai continué à boire et Frank Sinatra a cessé de chanter et il y a eu une publicité pour Crazy Eddie's puis Sarah Vaughan s'est mise à chanter « I Am Gonna Sit Right Down and Write Myself a

Letter[1] » et là encore je pouvais me sentir concerné puisque c'est ce que j'avais *cru* avoir fait jusqu'à ce soir où quelque chose s'était produit qui m'avait amené à revoir ma position sur ce sujet, façon de parler, et j'ai fredonné avec cette bonne vieille Sarah-Soul et c'est à ce moment-là que j'ai inconsciemment appuyé sur le champignon parce que au milieu du second couplet et sans qu'il y ait eu le moindre à-coup j'étais en train de cracher tripes et boyaux tandis que quelqu'un me frappait tout d'abord dans le dos avec le plat de la main puis soulevait mes coudes et les baissait pour me taper à nouveau le dos. C'était un routier. Chaque fois qu'il frappait, je sentais un grand jet épais monter dans ma gorge et s'apprêter à redescendre sauf qu'à ce moment-là il me soulevait les coudes et qu'à chaque fois qu'il me soulevait les coudes je vomissais une nouvelle fois et la plus grande partie de ce que je rejetais n'était même pas du Black Velvet mais de l'eau de la rivière. Quand j'ai enfin été capable de redresser la tête pour regarder autour de moi il était 6 heures du soir trois jours plus tard et je gisais sur la rive de la Jackson River, en Pennsylvanie de l'Ouest, à environ quatre-vingt-dix kilomètres au nord de Pittsburgh. Ma Chevrolet émergeait de la rivière, l'arrière dressé vers le ciel. On pouvait encore voir l'autocollant pro-McCarthy sur le pare-chocs.

Y aurait-il encore du Fresca, ma chérie ? J'ai la gorge sacrément sèche.

La femme de l'écrivain lui tendit en silence un verre et au moment où elle le lui donnait, elle se pencha impulsivement et déposa un baiser sur sa joue crevassée d'alligator, il sourit et ses yeux étincelèrent dans la pénombre. C'était, malgré tout, une femme bonne et gentille et l'étincelle ne la trompa nullement. La gaieté ne faisait jamais briller ainsi les yeux.

– Merci, Meg.

Il avala une profonde gorgée, toussa, repoussa du geste une cigarette qu'on lui offrait.

1. « Je vais m'asseoir et m'écrire à moi-même une lettre. » (*N.d.T.*)

– Ça suffit pour ce soir. Je vais complètement m'arrêter. Dans une prochaine vie. Façon de parler.

Le reste de mon récit n'a pas vraiment besoin d'être raconté. Il aurait contre lui le seul péché dont puisse vraiment être coupable un récit – son caractère prévisible. Ils ont retiré de ma voiture quelque chose comme quarante bouteilles de Black Velvet, dont un grand nombre étaient vides. Je tenais des propos incohérents sur les elfes et l'électricité et les Fornits et les chercheurs de plutonium et le fornus ; je leur ai paru complètement piqué et bien sûr c'est exactement ce que j'étais.

À présent, voici ce qui s'était passé à Omaha pendant que j'errais – d'après les doubles des reçus de l'essence payée avec ma carte de crédit retrouvés dans la boîte à gants de ma Chevrolet – à travers cinq États du Nord-Est. Tout cela, vous l'avez compris, m'a été rapporté par Jane Thorpe au fil d'une longue et douloureuse correspondance qui s'est achevée par une entrevue à New Haven où elle vit à présent, peu après que j'eus été libéré de la maison de santé, contrepartie du fait que je m'étais finalement rétracté. Au terme de cette rencontre nous avons pleuré dans les bras l'un de l'autre et c'est à ce moment-là que j'ai commencé à croire qu'il m'était possible de retrouver une vraie vie – peut-être même le bonheur – à nouveau.

Ce jour-là, aux environs de 3 heures de l'après-midi, on avait frappé chez les Thorpe. C'était le télégraphiste. Le télégramme était de moi : le dernier échange de notre correspondance malheureuse. Il disait ceci : REG AI INFORMATION DIGNE DE FOI QUE RACKNE VA MOURIR D'APRÈS BELLIS C'EST LE PETIT GARÇON BELLIS QUI DIT QUE LE NOM DU GARÇON EST JIMMY *FORNIT SOME FORNUS* HENRY.

Au cas où la merveilleuse question d'Howard Backer : *Que savait-il et quand l'avait-il appris ?* vous aurait traversé l'esprit, je peux vous dire que je savais que Jane avait embauché une femme de ménage ; j'ignorais – si ce n'est grâce à Bellis – qu'elle avait un petit diablotin de fils prénommé Jimmy. Je suppose qu'il vous faudra me croire sur parole, quoique en toute honnêteté je doive avouer que les psy qui ont travaillé sur mon cas les deux années qui ont suivi ne m'ont jamais cru.

Quand le télégramme est arrivé, Jane était à l'épicerie. Elle l'a retrouvé, après la mort de Reg, dans l'une de ses poches arrière. L'heure d'expédition et celle de réception étaient toutes deux notées dessus ; il portait la mention : *Pas par téléphone /Remettre l'original.* Jane m'a raconté que le télégramme, quoique vieux d'une journée seulement, avait été tellement manipulé qu'on aurait dit que Reg l'avait reçu un mois plus tôt. Dans une certaine mesure, ce télégramme, ces vingt-six mots, c'était ça, la balle élastique, et, de Paterson, New Jersey, j'avais fait feu en plein dans le cerveau de Reg Thorpe, et j'étais si foutrement bourré que je ne me souviens même pas de l'avoir fait.

Pendant les deux dernières semaines de sa vie, Reg avait adopté un rythme de vie qui apparaissait comme un modèle de normalité. Il se levait à 6 heures, préparait le petit déjeuner pour sa femme et pour lui, puis écrivait pendant une heure. Aux alentours de 8 heures, il fermait son bureau à clé et partait avec le chien pour une longue flânerie à travers le quartier. Pendant ces promenades, il se montrait très sociable, s'arrêtait pour bavarder avec quiconque voulait bien, attachait le cabot devant un bistrot du coin pour prendre un café, puis reprenait son vagabondage. Il était rarement de retour avant midi. Le plus souvent à midi et demi ou 1 heure. Ça s'expliquait en partie par la volonté d'échapper à la babillarde Gertrude Rulin, pensait Jane, car ce rituel s'était mis en place quelques jours après qu'elle eut commencé à travailler chez eux.

Il déjeunait légèrement, s'allongeait près d'une heure puis se levait pour écrire deux ou trois heures. Le soir, il allait parfois rendre visite aux jeunes gens d'à côté, seul ou en compagnie de Jane ; quelquefois il allait au cinéma avec elle, sinon il restait à lire dans la salle de séjour. Ils se couchaient de bonne heure, Reg le plus souvent le premier. Elle m'a confié dans ses lettres qu'ils faisaient rarement l'amour et que, quand c'était le cas, ils en restaient l'un et l'autre insatisfaits. « Mais la sexualité ne tient pas une grande place dans la vie de bien des femmes, ajoutait-elle, et Reg travaille à nouveau pleinement ; c'est pour lui un substitut raisonnable. Je dirais que, vu les circonstances, ces deux dernières semaines ont été les meilleures que nous ayons vécues durant ces cinq dernières années. » J'ai presque éclaté en sanglots quand j'ai lu ça.

J'ignorais tout de Jimmy ; pas Reg. Reg savait tout sauf le plus important : Jimmy avait commencé à accompagner sa mère au travail.

Comme il a dû être furieux quand il a reçu mon télégramme et qu'il a commencé à réaliser ! Alors, *ils* étaient là, finalement. Et apparemment sa propre femme était l'un d'entre *eux*, parce qu'*elle* était à la maison quand Gertrude et Jimmy s'y trouvaient et elle n'avait jamais rien dit de la présence de Jimmy à Reg. Qu'est-ce qu'il m'avait dit déjà dans une de ses premières lettres ? « Quelquefois je me pose des questions sur ma femme. »

Quand elle est rentrée à la maison le jour de l'arrivée du télégramme, Reg n'était pas là. Il y avait un petit mot sur la table de la cuisine : « Ma chérie, je suis allé faire un tour à la librairie. Serai de retour pour le dîner. » Ça a semblé parfait à Jane... mais, si elle avait été au courant pour mon télégramme, l'extrême normalité de ce petit mot l'aurait sacrément effrayée, je pense. Elle aurait compris que Reg croyait qu'elle avait changé de camp.

Reg n'était nullement allé chez le libraire. Il s'était rendu dans le centre-ville chez Littlejohn's Gun Emporium. Il avait acheté un P 45 automatique et deux mille balles. Il aurait pris un AK-70 si Littlejohn's avait été autorisé à en vendre. Il était bien décidé à défendre son Fornit, voyez-vous. Contre Jimmy, contre Gertrude, contre Jane. Contre *eux*.

Le lendemain matin il ne modifia en rien ses habitudes. Elle se souvenait de s'être fait la réflexion qu'il portait un pull terriblement épais pour un jour d'automne aussi chaud, mais c'est tout. Le pull, bien sûr, c'était pour le flingue. Il était sorti promener le chien, son P 45 glissé dans la ceinture de son pantalon en twill.

Sauf qu'il n'était pas allé plus loin que le restaurant où il avait coutume de prendre son café du matin, et il s'y était rendu directement sans traîner ni bavarder en chemin. Il avait conduit le petit chien dans la zone de livraison derrière le restaurant, avait attaché sa laisse à une grille et s'en était retourné chez lui en empruntant le chemin qui longeait les jardins sur l'arrière.

Il connaissait parfaitement l'emploi du temps des jeunes d'à côté et savait qu'ils seraient tous sortis. Il savait où ils cachaient leur clé. Il est entré, est monté à l'étage et s'est mis à surveiller sa maison.

À huit heures et demie il a vu arriver Gertrude Rulin. Et Gertrude Rulin n'était pas seule. Il y avait bien un petit garçon avec elle. Le comportement exubérant de Jimmy Rulin en première année d'école primaire avait convaincu dès les premiers jours son instituteur et le conseiller d'éducation qu'il aurait été dans l'intérêt de tous (sauf bien sûr de sa mère qui avait bien besoin d'être un peu libérée de Jimmy) qu'il attende une année de plus. Jimmy était retourné pour une année encore au jardin d'enfants et seulement l'après-midi pendant le premier semestre. Les deux haltes-garderies du secteur étaient surchargées et Gertrude ne pouvait aller chez les Thorpe l'après-midi, car elle faisait le ménage de deux à quatre à l'autre bout de la ville.

Pour conclure l'affaire, Jane avait accepté à contrecœur qu'elle amène Jimmy avec elle tant qu'elle n'aurait pas trouvé d'autre solution. Ou, ce qui ne manquerait pas d'arriver, jusqu'à ce que Reg s'en aperçoive.

Elle pensait qu'il était *possible* que cela ne lui pose aucun problème. Il s'était montré si adorablement raisonnable ces derniers temps. Mais il était possible qu'il pique une crise. Si c'était le cas, il *faudrait* trouver une autre formule. Gertrude disait qu'elle comprenait. Et, au nom du Ciel, avait ajouté Jane, qu'à aucun prix le garçon ne touche à ce qui appartenait à Reg. Gertrude s'en était portée garante ; la porte du bureau de Monsieur était fermée à clé et le resterait.

Thorpe avait dû se glisser d'un jardin à l'autre comme un tireur d'élite traversant un *no man's land.* Il avait vu Gertrude et Jane en train de laver des draps, à la cuisine. Il n'avait pas vu le garçon. Il s'était avancé le long du mur de la maison. Personne dans la salle à manger. Personne dans la chambre. Et puis, dans le bureau, là où Reg, morbidement, s'attendait à le trouver, il avait vu Jimmy. Le visage du gamin était rouge d'excitation et Reg avait certainement pensé qu'il avait enfin pour de bon devant lui un de *leurs* agents. Le garçon tenait à la main, pointé vers la table de travail, une sorte de rayon de la mort... et, venu des entrailles de la machine, Reg avait entendu le hurlement de Rackne.

Vous pensez peut-être que je prête à un homme mort aujourd'hui des perceptions très subjectives... ou plus crûment que je fabule. Pas du tout. De la cuisine, Jane et Gertrude avaient entendu la mélodie très reconnaissable du désintégrateur en plastique de Jimmy – il tirait avec dans toute la maison depuis le premier jour où il était venu avec sa mère et Jane souhaitait chaque jour que les piles s'usent au plus vite. On ne pouvait pas se tromper sur ce bruit. On ne pouvait pas non plus douter de l'endroit d'où il provenait – le bureau de Reg.

Cet enfant était *vraiment* de la graine de Denis la Menace, vous savez ; s'il y avait dans la maison une pièce qui lui était interdite, c'est justement dans celle-ci qu'il *fallait* qu'il pénètre sous peine de mourir de curiosité. Il ne lui avait pas fallu non plus bien longtemps pour découvrir que Jane rangeait une clé du bureau de Reg sur le manteau de la cheminée, dans la salle à manger. Était-ce la première fois qu'il y entrait ? Je ne pense pas. Jane m'a raconté qu'elle se souvenait d'avoir donné une orange au garçon trois ou quatre jours avant et d'avoir ensuite, en faisant le ménage, trouvé des peaux d'orange sous le petit divan, dans cette pièce. Reg ne mangeait jamais d'oranges – il prétendait y être allergique.

Jane avait laissé retomber dans l'évier le drap qu'elle lavait et s'était précipitée dans la chambre. Elle avait entendu le *wah-wah-wah* sonore du désintégrateur et elle avait entendu Jimmy glapir : *Je vais te faire la peau ! Tu peux pas m'échapper ! Je te vois à travers le VERRE !* Et... elle m'a dit... elle m'a dit qu'elle avait entendu quelque chose hurler. Un cri aigu et désespéré, m'a-t-elle dit, si chargé de souffrance qu'il en était presque insupportable.

« Quand j'ai entendu ça, m'a-t-elle expliqué, j'ai compris qu'il me faudrait quitter Reg *quoi* qu'il arrive, car toutes les vieilles histoires de bonne femme étaient vraies, la folie était contagieuse. Parce que c'était bien Rackne que j'entendais ; d'une façon ou d'une autre, cette pourriture de môme était en train de tuer Rackne, de le tuer avec une arme de l'espace à deux dollars de chez Kresge's.

« La porte du bureau était ouverte, la clé dans la serrure. Plus tard ce jour-là, j'ai vu qu'une des chaises de la salle à manger avait été tirée près de la cheminée et que le siège était couvert des empreintes des mocassins de Jimmy. Il était penché sur la table où se trouvait la machine à écrire de Reg. Il – Reg – possédait un vieux modèle, comme ceux que l'on utilisait autrefois dans les bureaux avec des garnitures de verre sur les côtés. Jimmy avait placé le canon de son désintégrateur contre l'une d'elles et tirait dans la machine – *wah-wah-wah-wah* – et des éclats de lumière pourpre jaillissaient de la machine à écrire et tout à coup j'ai compris tout ce que Reg m'avait répété à propos de l'électricité, car bien que cet objet ne soit alimenté que par d'inoffensives vieilles piles C ou D, on aurait vraiment dit qu'il en sortait des ondes empoisonnées qui se répandaient dans ma tête et me grillaient le cerveau. *J' te vois là-d'dans !* hurlait Jimmy et son visage était éclairé par une joie enfantine... c'était un spectacle à la fois beau et quelque peu inquiétant. *Tu ne peux pas échapper au capitaine Futur ! Tu vas mourir, étranger !*

« Et ce cri... de plus en plus faible... ténu... *Jimmy, ça suffit !* ai-je ordonné.

« Il a sursauté. Je lui avais fait peur. Il a fait volte-face... m'a défiée du regard... a tiré la langue... puis il a replacé le désintégrateur contre le panneau de verre et s'est remis à tirer – *wah-wah-wah,* et cette foutue lumière pourpre.

« Gertrude était en train de traverser le hall, lui hurlant d'arrêter, de sortir de là, qu'il allait recevoir la raclée de sa vie... quand la porte d'entrée s'est brusquement ouverte et Reg a traversé le vestibule en braillant. Je l'ai regardé attentivement et j'ai compris qu'il était fou. Il avait le revolver à la main. *Tirez pas sur mon petit !* s'est écriée Gertrude quand elle l'a vu, et elle s'est jetée en avant pour le saisir à bras-le-corps. Reg l'a envoyée valser d'un geste.

« Jimmy n'avait même pas semblé s'apercevoir de ce qui se passait ; il venait juste de se remettre à tirer dans la machine à écrire avec son désintégrateur. Je pouvais voir le rayon pourpre jaillir de l'ombre, entre les touches, tel l'un de ces arcs électriques que l'on vous recommande de ne pas regarder sans vous être muni de lunettes spéciales sous peine de vous brûler la rétine et de vous rendre aveugle.

« Reg est entré dans le bureau, m'a donné au passage un grand coup qui m'a renversée. *RACKNE !* a-t-il vociféré. *TU ES EN TRAIN DE TUER RACKNE !*

« Et tandis que Reg se ruait à travers la pièce, dans l'intention évidente de tuer cet enfant, m'a dit Jane, j'ai pris le temps de me demander combien de fois exactement il avait *pénétré* dans cette chambre et avait tiré avec cette arme dans la machine pendant que sa mère et moi étions peut-être à l'étage en train de faire les lits ou dans le jardin à suspendre du linge et que nous ne pouvions pas entendre ce *wah-wah-wah*... que nous ne pouvions pas l'entendre... le Fornit... à l'intérieur, qui hurlait.

« Jimmy ne s'est pas interrompu, même quand Reg est entré en trombe... il a continué à tirer dans la machine comme s'il savait que c'était sa dernière chance, et depuis je me suis demandé si Reg n'avait pas raison après tout à leur sujet, aussi... à cela près qu'*ils* sont dans l'air tout autour de nous et que de temps à autre *ils* plongent dans la tête de quelqu'un comme on fonce vers la victoire à travers une piscine et *ils* font faire le sale boulot à cette personne puis *ils* repartent comme *ils* étaient venus et le type qu'*ils* avaient envahi balbutie : *Quoi ? Moi ? J'ai fait quoi ?*

« Dans la seconde qui avait précédé l'entrée de Reg, la plainte qui s'échappait des entrailles de la machine à écrire s'était changée en un cri bref et perçant... et j'ai vu du sang éclabousser la paroi intérieure des incrustations de verre comme si ce qui était à l'intérieur, quoi que ce fût, avait fini par être déchiqueté, de la même manière qu'on dit qu'un animal vivant est déchiqueté si on le met dans un four à micro-ondes. Je sais que ça peut paraître complètement fou, mais je l'ai *vu*, ce sang... il a giclé sur la vitre puis s'est mis à couler. *J' l'ai eu,* a déclaré Jimmy, ravi. *J' l'ai...*

« Alors Reg l'a balancé à travers la pièce. Il a heurté le mur. Le pistolet lui a échappé des mains, est tombé par terre et s'est cassé. Ce n'était rien d'autre qu'un morceau de plastique et des piles Eveready, bien entendu.

« Reg a regardé dans la machine à écrire, et s'est mis à crier. Ce n'était pas un cri de douleur ou de colère, même s'il exprimait une certaine colère... c'était surtout un cri de désespoir. Il s'est alors tourné vers l'enfant. Jimmy était affalé sur le sol et, quoi qu'il ait bien pu *avoir été* – s'il avait jamais *été* autre chose qu'un gamin facétieux –, il n'était à présent qu'un petit garçon de six ans en proie à la terreur. Reg a pointé son revolver sur lui, et mes souvenirs s'arrêtent là. »

L'éditeur termina sa boîte de soda et la posa soigneusement à côté de lui.

– Les souvenirs de Gertrude et de Jimmy Rulin permettent de compléter le récit, reprit-il. Jane est intervenue : *Reg, NON !* et quand il s'est tourné vers elle, elle s'est remise sur pied et s'est accrochée à lui. Il lui a tiré dessus et lui a fracassé le coude gauche, mais elle n'a pas lâché prise. Pendant qu'elle continuait à s'agripper à lui, Gertrude a appelé son fils et Jimmy a couru vers elle.

Reg a repoussé Jane et lui a tiré dessus une nouvelle fois. La balle a effleuré tout le côté gauche de son crâne. Un millimètre de plus sur la droite et il la tuait. Il y a peu de doute là-dessus et encore moins sur le fait que, sans l'intervention de Jane Thorpe, il aurait certainement tué Jimmy Rulin et peut-être même aussi la mère de celui-ci.

Il *a* en fait tiré sur le garçon au moment où celui-ci se jetait dans les bras de sa mère qui se tenait sur le seuil. La balle a pénétré dans sa fesse gauche, suivant une trajectoire descendante. Elle est ressortie en haut de sa cuisse gauche sans avoir touché l'os et a traversé le menton de Gertrude Rulin. Il y avait beaucoup de sang mais pas de dommage majeur.

Gertrude a claqué derrière elle la porte du bureau et elle a couru dans le couloir jusqu'à la porte d'entrée, son enfant hurlant et ensanglanté dans les bras.

L'éditeur marqua une nouvelle pause, pensif.

– À ce moment-là, soit Jane avait perdu connaissance, soit elle avait délibérément choisi de ne pas garder souvenir de ce qui allait se passer. Reg s'est assis dans son fauteuil de bureau et a placé le canon de son P 45 en plein milieu de son front. Il a appuyé sur la détente. La balle ne lui a pas traversé le cerveau, le réduisant à l'état de légume ; elle n'a pas non plus décrit un arc de cercle le long de son crâne pour ressortir sans dommage de l'autre côté.

Son univers intérieur était élastique, mais la balle finale était aussi dure que possible. Il est tombé en avant sur la machine à écrire, mort.

Quand la police a débarqué, c'est ainsi qu'elle l'a trouvé ; Jane était assise dans un coin, de l'autre côté de la pièce, à demi inconsciente.

La machine à écrire était couverte de sang, sans doute aussi remplie de sang ; les blessures à la tête sont vraiment, vraiment malpropres.

Tout le sang répandu était du groupe O.

Le groupe de Reg Thorpe.

C'est ici, mesdames et messieurs, que s'achève mon histoire ; je ne peux en dire plus.

En effet, la voix de l'éditeur avait baissé pour n'être guère plus qu'un murmure rauque.

Il n'y eut aucun des habituels bavardages de fin de soirée ni même une de ces conversations artificiellement brillantes qui viennent parfois couvrir, au cours d'un cocktail, l'impair d'un instant, ou du moins masquer le fait que les choses sont devenues, à un moment donné, beaucoup plus sérieuses qu'elles ne doivent l'être au cours d'un dîner élégant.

Mais, quand l'écrivain raccompagna l'éditeur à sa voiture, il ne put s'empêcher de lui poser une dernière question :

– La nouvelle ? demanda-t-il, qu'est devenue la nouvelle ?

– Vous voulez dire le récit de...

– Oui, « La Ballade de la balle élastique ». L'histoire qui se trouve à l'origine de tout ça. C'était *ça* la vraie balle élastique... pour vous en tout cas, si ce n'est pour lui. Bon Dieu, qu'est devenue cette nouvelle si géniale ?

L'éditeur ouvrit la porte de sa voiture ; c'était une petite Chevette bleue ; sur son pare-chocs arrière un autocollant conseillait : UN AMI VÉRITABLE NE LAISSE PAS UN AMI EN ÉTAT D'IVRESSE PRENDRE LE VOLANT.

– Elle n'a jamais été publiée. Si Reg en a jamais possédé un double au carbone, il a dû le détruire après avoir reçu mon accord pour la publication du récit... vu son obsession paranoïaque à *leur* sujet, ça serait tout à fait dans la logique de son personnage. J'avais avec moi l'original et trois exemplaires photocopiés quand j'ai plongé dans la Jackson River. Tous les quatre dans une boîte en carton. Si j'avais placé celle-ci dans le coffre, j'aurais encore la nouvelle aujourd'hui car l'arrière de ma voiture n'a pas été immergé... et même si ça avait été le cas on aurait pu faire sécher les pages. Mais je voulais la garder près de moi, alors je l'avais placée au-dessus du tableau de bord, côté conducteur. Les fenêtres étaient ouvertes quand j'ai fait le plongeon. Les pages... je suppose qu'elles sont tout simplement parties à la dérive et ont été emportées jusqu'à la mer. Je préfère penser cela plutôt que d'imaginer qu'elles ont pourri au fond de la rivière avec d'autres détritus ou qu'elles ont été avalées par un poisson-chat, ou quelque chose d'encore moins agréable sur le plan esthétique. Penser qu'elles ont été emportées vers la mer est plus poétique et un peu plus romanesque, mais pour ce qui est de ce que je décide de croire, je me suis rendu compte que je peux encore faire preuve d'élasticité. Façon de parler.

L'éditeur monta dans sa petite voiture et s'éloigna. L'écrivain le suivit du regard jusqu'à ce que les feux arrière aient disparu, puis se retourna. Meg était là, dans l'ombre, au bout de l'allée ; elle lui souriait timidement. Bien que la nuit fût chaude elle serrait étroitement ses bras croisés contre sa poitrine.

– Il n'y a plus que nous deux, dit-elle. On rentre ?

– D'accord.

À mi-chemin elle s'arrêta et demanda :

– Il n'y a pas de Fornits dans ta machine à écrire, n'est-ce pas, Paul ?

Et l'écrivain, qui s'était parfois – souvent – demandé d'où *exactement* venaient les mots, répondit crânement :

– Bien sûr que non.

Ils rentrèrent, bras dessus, bras dessous, et fermèrent leur porte contre la nuit.

L'HOMME QUI REFUSAIT DE SERRER LA MAIN

Stevens servit les apéritifs et, peu après 8 heures, par cette nuit glaciale d'hiver, nous nous retirâmes tous dans la bibliothèque le verre à la main. Pendant un moment, personne ne parla ; on entendait seulement le craquement du feu dans l'âtre, le léger cliquetis des boules de billard et, venu du dehors, le sifflement du vent. Pourtant il faisait assez chaud, ici, au 249B de la 35e Rue Est.

Ce soir-là, je m'en souviens, David Adley était à ma droite et Emlyn McCarron, qui nous avait raconté un jour l'effrayante histoire d'une femme ayant accouché dans des circonstances inhabituelles, était installé à ma gauche. Près de lui se trouvait Johanssen, le *Wall Street Journal* plié sur les genoux.

Stevens entra, un petit paquet blanc à la main, et le tendit sans hésiter à George Gregson. Stevens est le type même du parfait maître d'hôtel en dépit de son léger accent de Brooklyn (ou peut-être à cause de lui), mais son plus grand talent, d'après moi, consiste à toujours savoir à qui doit échoir le paquet si personne ne le demande.

George le prit sans protester et resta assis un moment dans son fauteuil, entre les hauts accoudoirs, les yeux fixés sur la cheminée assez vaste pour que l'on puisse y faire rôtir un bœuf de bonne taille. Je surpris le léger tremblement momentané de ses paupières devant la maxime gravée sur la clé de voûte : C'EST LE RÉCIT, PAS LE RÉCITANT QUI RACONTE.

Il ouvrit le paquet de ses vieux doigts tremblotants et jeta son contenu dans le feu. L'espace d'un instant les flammes prirent les couleurs de l'arc-en-ciel et il y eut quelques rires discrets. Je me retournai et vis Stevens debout tout au fond, dans l'ombre, près de la porte du foyer. Ses mains étaient croisées derrière son dos. Son visage était soigneusement vidé de toute expression.

Je suppose que nous avons tous un peu sursauté lorsque sa voix grinçante, presque plaintive et maussade, résonna dans le silence ; moi, en tout cas, je sais que j'ai sursauté.

– Un jour, ici même, dans cette pièce, j'ai assisté a l'assassinat d'un homme, commença George Gregson, encore qu'aucun jury n'aurait condamné le meurtrier. Pourtant, au bout du compte, il s'est condamné lui-même et a été son propre bourreau.

Il fit une pause le temps d'allumer sa pipe. De la fumée s'éleva en volutes bleues autour de son visage marqué de cicatrices et il éteignit l'allumette de bois avec les gestes lents et accentués d'un homme que ses jointures font horriblement souffrir. Il lança dans la cheminée l'allumette qui atterrit sur les cendres du paquet. Il regarda les flammes réduire le bois en charbon. Ses yeux d'un bleu perçant étaient rêveurs sous la broussaille de ses sourcils poivre et sel. Il avait un grand nez crochu, des lèvres fines et volontaires, des épaules si voûtées qu'elles touchaient presque l'arrière de son crâne.

– Ne nous faites pas languir, George ! gronda Peter Andrews. Commencez donc !

– N'ayez pas peur. Un peu de patience.

Et, tous, nous avons dû attendre jusqu'à ce que la combustion de sa pipe lui donne entière satisfaction. Lorsqu'une bonne couche de braises brûla au fond du large fourneau de bruyère, George posa ses grandes mains légèrement paralysées sur l'un de ses genoux et commença :

– Très bien. J'ai quatre-vingt-cinq ans et ce que je vais vous raconter est arrivé quand j'en avais vingt, ou quelque chose comme ça. En tout cas, c'était en 1919 et je venais juste de rentrer de la Grande Guerre. Ma fiancée était morte cinq mois plus tôt, d'une grippe. Elle n'avait que dix-neuf ans et je crains fort d'avoir bu et joué aux cartes beaucoup plus que je ne l'aurais dû. Elle attendait depuis deux ans, voyez-vous, et pendant tout ce temps j'avais reçu fidèlement une lettre par semaine. Peut-être comprendrez-vous ainsi pourquoi je me suis tellement laissé aller. Je n'avais ni foi religieuse – les principaux dogmes et théories du christianisme m'apparaissant, du fond des tranchées, plutôt comiques – ni famille pour me soutenir. Mais je dois avouer que les bons amis qui m'ont assisté durant cette période douloureuse m'ont rarement abandonné. J'en avais cinquante-trois (plus que la plupart des gens !) : cinquante-deux cartes et une bouteille de whisky Cutty Sark. Je venais de m'installer dans l'appartement où j'habite encore à présent, sur Brennan Street. Mais c'était bien moins cher à l'époque et les étagères étaient considérablement moins encombrées de flacons, de pilules et de drogues qu'aujourd'hui. Cependant, je passais l'essentiel de mon temps ici, au 249B, car il y avait presque toujours une partie de poker en train.

David Adley l'interrompit et, bien qu'il sourît, je ne pense pas du tout qu'il plaisantait :

– Est-ce que Stevens était déjà ici à l'époque, George ?

– Était-ce vous, Stevens, ou bien votre père ? demanda George en se tournant vers le maître d'hôtel.

Stevens se permit l'ombre d'un sourire.

– Puisque 1919 remonte à soixante-cinq ans, c'était mon grand-père, monsieur, si je peux me permettre.

– À vous en croire, vous occupez cet emploi de père en fils, murmura Adley d'un ton rêveur.

– Vous ne vous trompez pas, monsieur, répondit Stevens d'une voix douce.

– Maintenant que j'y réfléchis, dit George, vous ressemblez étonnamment à votre... vous avez bien dit grand-père, Stevens ?

– Oui, monsieur, c'est ce que j'ai dit.

– Si l'on vous mettait l'un à côté de l'autre, j'aurais bien du mal à dire qui est qui... mais cela n'a aucune importance, n'est-ce pas ?

– Non, monsieur.

– J'étais dans la salle de jeu – juste de l'autre côté de cette petite porte là-bas – en train de faire des réussites, la première et unique fois où j'ai rencontré Henry Brower. Nous étions quatre, prêts à prendre place pour une partie de poker ; nous attendions un cinquième pour commencer la soirée. Lorsque Jason Davidson m'avait annoncé que George Oxley, notre cinquième habituel, s'était cassé la jambe et gisait au lit avec un plâtre retenu par un foutu engin à poulie, j'avais bien cru que nous ne pourrions pas jouer du tout ce soir-là. J'envisageais l'éventualité de terminer la soirée sans rien qui puisse détourner le cours de mes pensées à part des réussites et le fait de m'imbiber de whisky comme une éponge, lorsque à l'autre bout de la pièce, un jeune homme a lancé d'une voix calme et agréable :

« Gentlemen, si c'est bien de poker que vous avez parlé, j'aimerais beaucoup, si, bien sûr, vous n'y voyez aucune objection particulière, être des vôtres. »

Jusque-là, il était resté dissimulé derrière un exemplaire du *New York World*, si bien que lorsque j'ai levé les yeux vers lui, c'était la première fois que je le voyais. C'était un jeune homme avec un vieux visage, si vous voyez ce que je veux dire. Certains des stigmates que j'observais sur son visage, j'avais commencé à les observer sur le mien depuis la mort de Rosalie. Quelques-uns... mais pas tous. Alors que si l'on en croyait ses cheveux, ses mains et sa façon de marcher, cet homme ne devait pas avoir plus de vingt-huit ans ; son visage était marqué par la vie et ses yeux, très sombres, semblaient plus que tristes ; ils paraissaient hallucinés. Il était assez beau, avec une courte moustache bien taillée et des cheveux blond foncé. Il portait un élégant costume brun et avait détaché le bouton du col de sa chemise.

« Je m'appelle Henry Brower », a-t-il déclaré.

Davidson s'est immédiatement précipité pour lui serrer la main ; en fait on aurait dit qu'il allait s'emparer des mains que Brower tenait posées sur ses genoux. Une chose bizarre s'est produite : Brower a laissé tomber son journal et a levé ses deux mains hors de portée. Il avait une expression horrifiée.

Davidson s'est arrêté, assez gêné, plus abasourdi que fâché. Il n'avait lui-même que vingt-deux ans – mon Dieu !

comme nous étions tous jeunes à cette époque ! – et se comportait un peu comme un jeune chien fou.

« Veuillez m'excuser, a dit Brower avec un profond sérieux, mais je ne serre jamais la main. »

« Jamais ? s'est écrié Davidson en clignant des paupières. Comme c'est étrange. Au nom du Ciel, pourquoi donc ? »

Je vous ai dit qu'il se comportait un peu comme un jeune chien fou. Brower l'a pris aussi bien que possible, avec un grand sourire (légèrement trouble cependant).

« J'arrive juste de Bombay, a-t-il expliqué. C'est un endroit étrange, surpeuplé, sale, infesté de maladies et de peste. Les vautours, par milliers, se pavanent et se lissent les plumes sur les murs mêmes de la ville. J'y suis resté deux ans en mission commerciale et semble y avoir contracté l'horreur de notre coutume occidentale de la poignée de main. Je sais que c'est absurde et impoli ; pourtant je ne peux surmonter cette aversion. Alors, si vous vouliez bien me faire grâce sans m'en tenir rigueur... »

« À une seule condition », a répondu Davidson avec un sourire.

« Laquelle ? »

« Simplement que vous vous approchiez de cette table et que vous acceptiez un gobelet de whisky pendant que j'irai chercher Baker, French et Jack Wilden. »

Brower lui a souri, a acquiescé et a posé son journal. Davidson a joint impétueusement le pouce et l'index en un cercle pour ponctuer leur accord et s'en est allé à la recherche des autres. Brower et moi-même nous sommes approchés de la table couverte de feutre vert et quand je lui ai offert à boire il a décliné mon offre en remerciant et a commandé sa propre bouteille. J'ai pensé que c'était certainement en rapport avec sa drôle de manie et n'ai rien dit. J'ai connu des gens dont l'horreur des microbes et des maladies allait jusque-là et même plus loin... et vous êtes sans doute nombreux à en connaître aussi.

Quelques-uns ont acquiescé.

« Quel plaisir d'être ici, m'a dit Brower sur un ton grave. J'ai fui toute forme de compagnie depuis mon retour. La solitude n'est pas bonne pour l'homme, vous savez. Je pense que, même pour l'homme le plus indépendant, être isolé du reste de l'humanité doit être la plus horrible forme de torture. »

Il a dit cela avec une étrange insistance et j'ai acquiescé. J'avais fait l'expérience d'une solitude comme celle-là dans les tranchées, la nuit en général. J'en avais fait une nouvelle expérience, plus douloureuse, après avoir appris la mort de Rosalie. Je me suis senti attiré vers lui en dépit de l'excentricité qu'il revendiquait.

« Bombay doit être un endroit fascinant », ai-je dit.

« Fascinant... et atroce ! Il se passe là-bas des choses qui dépassent notre imagination. Leur réaction devant les voitures nous amuse : les enfants s'enfuient lorsqu'elles passent, puis ils les suivent sur des kilomètres. L'avion leur paraît terrifiant et incompréhensible. Bien sûr, nous, Américains, nous considérons ces inventions avec une parfaite sérénité – avec suffisance même – mais je vous assure que ma réaction a été absolument semblable aux leurs lorsque, pour la première fois, j'ai vu, au coin d'une rue, un mendiant avaler tout un paquet d'aiguilles d'acier puis les retirer une à une des plaies ouvertes au bout de ses doigts. Pourtant, dans cette partie du monde, les gens considèrent ce phénomène comme allant totalement de soi. Peut-être, a-t-il ajouté, l'air sombre, nos deux cultures n'étaient-elles absolument pas destinées à se rencontrer, mais auraient-elles dû garder chacune pour elle ses propres prodiges ? Pour un Américain comme vous et moi, avaler un paquet d'aiguilles signifierait une mort lente et atroce. Quant à l'automobile... »

Sa voix s'est éteinte et la tristesse a encore assombri son visage.

J'allais répondre lorsque Stevens l'aîné est apparu avec la bouteille de scotch de Brower, immédiatement suivi de Davidson et des autres.

Davidson a commencé les présentations en précisant :

« Je leur ai tout dit de votre petite manie, Henry, vous n'avez donc rien à craindre. Voici Darrel Baker, cet effrayant jeune homme barbu est Andrew French, et enfin le dernier mais non le moindre c'est Jack Wilden. Vous connaissez déjà George Gregson. »

Brower a souri et leur a adressé un signe de tête au lieu de leur serrer la main. Les jetons de poker et trois jeux de cartes neufs ont été sortis, l'argent changé contre des marques et le jeu a commencé.

Il a duré plus de six heures et j'ai gagné environ deux cents dollars. Darrel Baker, qui n'était pas un joueur particulièrement brillant, en a perdu à peu près huit cents (non pas que lui risquât un jour de tirer le diable par la queue : son père possédait trois des plus grandes fabriques de chaussures de la Nouvelle-Angleterre) et les autres ont partagé à peu près équitablement les pertes de Baker avec moi. Davidson avait quelques dollars de plus et Brower quelques-uns de moins ; cependant, que Brower soit presque à égalité n'était pas un mince exploit car il avait reçu un jeu incroyablement mauvais pendant presque toute la soirée. Il était habile à la fois au jeu traditionnel à cinq cartes et à la variante plus nouvelle à sept cartes et je pensais qu'il avait plusieurs fois gagné de l'argent sur des coups de bluff pleins d'aplomb que j'aurais moi-même hésité à essayer.

J'ai remarqué une chose : quoiqu'il ait beaucoup bu – au moment où French s'apprêtait à distribuer la dernière donne, il avait ingurgité presque toute une bouteille de scotch – il n'a pas bredouillé une seule fois, son habileté aux cartes ne s'est jamais trouvée en défaut et son étrange obsession de ne pas toucher les mains ne s'est nullement relâchée. Lorsqu'il gagnait le pot il ne le touchait pas si quelqu'un avait des marques, de la monnaie ou des jetons à ajouter. À un moment, comme Davidson avait posé son verre tout près de son coude, Brower a reculé brusquement en sursautant et presque renversé son propre verre. Baker a eu l'air surpris, mais Davidson n'a pas fait un seul commentaire.

Quelques minutes auparavant, Jack Wilden avait expliqué qu'il devait, dans la matinée, partir en voiture pour Albany et que ce serait son dernier tour de table. C'était à French de distribuer et il a demandé que l'on joue avec sept cartes.

Je me souviens de ce dernier coup comme de mon propre nom, alors que j'aurais du mal à dire ce que j'ai pris hier au déjeuner et avec qui j'ai mangé. Les mystères de l'âge, je suppose, mais je pense que si l'un d'entre vous, messieurs, s'était trouvé là il s'en souviendrait lui aussi.

J'avais reçu deux cœurs à l'envers sur la table et un retourné. J'ignore ce qu'avaient Wilden et French, mais le jeune Davidson avait l'as de cœur et Brower le dix de pique. Davidson a misé deux dollars – nous avions fixé la limite à cinq – et on a procédé à une nouvelle distribution. J'ai eu un cœur, ce qui faisait quatre, Brower un valet de pique qui allait avec son dix. Davidson a hérité d'un trois qui ne semblait pas améliorer son jeu ; il a pourtant ajouté trois dollars dans le pot. « Dernier tour, s'est-il exclamé joyeusement. Pariez donc, les gars ! Je connais une dame qui aimerait sortir en ville avec moi, demain soir ! »

Je ne pense pas que j'aurais cru un diseur de bonne aventure s'il m'avait prédit que cette phrase reviendrait bien souvent me hanter à mes moments perdus, et cela jusqu'à aujourd'hui même.

French a effectué la troisième donne. Je n'ai rien reçu pour compléter ma quinte flush mais Baker, qui était le grand perdant, a obtenu de quoi compléter une paire – des rois, il me semble. Brower venait d'avoir un deux de carreau qui ne semblait mener nulle part. Baker a parié le maximum sur sa paire et Davidson relancé de cinq. Tout le monde est resté dans le jeu et la dernière donne a eu lieu. J'ai reçu le roi de cœur, ce qui a complété ma couleur. Baker a transformé sa paire en brelan et Davidson a eu un deuxième as qui lui a fait légèrement briller les yeux. Brower a reçu une reine de trèfle et je ne comprenais vraiment pas pourquoi il restait dans le jeu. Ses cartes semblaient aussi mauvaises que toutes celles qu'il avait tenues en main depuis le début de la soirée.

Les enjeux ont commencé à s'emballer. Baker a posé cinq dollars, Davidson a relancé de cinq, Brower a égalisé. Jack Wilden s'est écrié : « J'ai l'impression que ma paire ne fait pas tout à fait le poids », et il a déclaré forfait. J'ai égalisé et relancé de cinq. Baker a égalisé et relancé à nouveau.

L'énumération de toutes les relances serait fastidieuse. Je vous préciserai simplement qu'il avait été décidé une limite de trois relances par joueur et que Baker, Davidson et moi avons fait chacun à trois reprises une relance de cinq dollars. Brower se contentait d'égaliser et de relancer, très attentif à ce que toutes les mains soient loin du pot quand il y mettait son argent. Et il y avait beaucoup d'argent – un peu plus de deux cents dollars lorsque French nous a distribué la dernière carte fermée.

Il y a eu un silence pendant que nous regardions tous, encore que cela n'ait eu aucune importance pour moi ; j'avais ma donne et d'après ce que je pouvais voir sur la table, elle était bonne. Baker a misé cinq dollars, Davidson a relancé et nous avons attendu pour voir ce qu'allait faire Brower. Son visage était légèrement rougi par l'alcool, il avait retiré sa cravate et déboutonné le second bouton de sa chemise mais semblait assez calme. « Je suis... et je relance de cinq », a-t-il annoncé.

J'ai légèrement sursauté car j'étais persuadé qu'il allait abandonner. Cependant, les cartes me poussaient à croire que je devais jouer pour gagner, et j'ai relancé de cinq. Nous jouions sans limites du nombre de relances que pouvait faire un joueur sur la dernière carte et le pot a gonflé extraordinairement. Je me suis arrêté le premier, me contentant d'égaliser car j'étais de plus en plus sûr que l'un des autres devait avoir en main le grand jeu. Baker s'est arrêté ensuite, son regard passant de la paire d'as de Davidson à la main hétéroclite et mystificatrice de Brower. Baker n'était pas suffisamment bon pour sentir qu'il y avait quelque chose dans l'air.

À eux deux, Davidson et Brower ont fait monter au moins dix fois encore les enjeux, peut-être plus. Baker et moi étions entraînés, incapables d'abandonner les sommes importantes que nous avions investies. Nous avions tous épuisé nos jetons et les billets flottaient sur l'énorme tas de plaques.

« Eh bien, a lancé Davidson, à la suite de la dernière relance de Brower, je pense que je vais simplement égaliser. Si vous nous avez bluffés tout du long, Henry, je vous félicite. Mais je suis sûr de vous battre et Jack doit faire un long voyage demain. »

Sur ce, il a posé un billet de cinq dollars au sommet du tas et s'est écrié :

« J'appelle ! »

Je ne sais pas ce qu'ont éprouvé les autres mais, pour ma part, J'ai ressenti un réel soulagement sans grand rapport avec l'énorme somme d'argent que j'avais engagée dans la partie. Le jeu avait tourné au traquenard et si, le cas échéant, Baker et moi avions les moyens de perdre, il n'en allait pas de même pour Jason Davidson. Il était actuellement sans emploi et vivait d'un fonds de dépôts – pas bien gros – légué par sa tante. Quant à Brower... que représentait pour lui une telle perte ? N'oubliez pas, messieurs, qu'à ce moment-là, il y avait plus de mille dollars sur la table.

Là-dessus, George s'arrêta. Sa pipe s'était éteinte.

– Et alors, que s'est-il passé ? demanda Adley en se penchant en avant. Ne vous moquez pas de nous, George. Nous sommes tous sur les charbons ardents. Poussez le feu ou éteignez-le.

– Un peu de patience, répondit George, impassible.

Il sortit une nouvelle allumette, la gratta sur la semelle de sa chaussure et tira sur sa pipe. Nous attendîmes avec une attention soutenue, sans dire un mot. Dehors le vent gémissait et ululait dans les gouttières.

Quand sa pipe rougeoya et que tout lui sembla au point, George reprit :

– Comme vous le savez, les règles du poker stipulent que celui à qui l'on a dit « j'appelle » doit étaler son jeu le premier. Mais Baker était trop impatient de mettre un terme à cette insupportable tension ; il a tiré l'une de ses trois cartes retournées et a montré quatre rois.

« Je suis battu, ai-je dit. Carré. »

« Je fais mieux », a lancé Davidson à Baker et il nous a montré deux de ses cartes retournées.

Deux as, ce qui faisait quatre.

« Sacrément bien joué. »

Et il s'est mis à ramener vers lui l'énorme pot.

« Attendez », a interrompu Brower.

Il n'avait pas tendu la main pour arrêter celle de Davidson comme auraient fait la plupart des gens, mais sa voix avait suffi. Davidson s'est arrêté pour le regarder et sa mâchoire s'est affaissée... littéralement, elle s'est *affaissée* comme si tous ses muscles à cet endroit-là s'étaient liquéfiés. Brower avait retourné ses cartes, *toutes les trois,* pour dévoiler une quinte, du huit à la reine.

« Je pense que vos as sont battus », a-t-il dit poliment.

Davidson a rougi puis pâli.

« Oui, a-t-il articulé lentement comme s'il découvrait cette règle pour la première fois. Oui, en effet. »

Je donnerais cher pour connaître les motivations qui ont poussé Davidson à ce qui a suivi. Il savait l'aversion extrême de Brower pour tout contact ; celui-ci l'avait manifestée ce soir-là de cent manières différentes. Peut-être Davidson l'avait-il tout simplement oubliée, dans son désir de montrer à Brower (et à nous tous) qu'il pouvait encaisser ses pertes au jeu et savait prendre d'une manière sportive un revers aussi grave que celui-ci. Je vous ai dit qu'il tenait un peu du jeune chiot et un tel geste était certainement bien dans son caractère. Mais les jeunes chiots peuvent parfois mordiller quand on les provoque. Ce ne sont pas des tueurs – un jeune chien ne cherche pas la gorge ; mais nombreux sont ceux qui se sont retrouvés avec des points de suture aux doigts pour avoir trop longtemps agacé un petit chien avec une pantoufle ou un os en caoutchouc. Ça aussi c'était bien dans le caractère de Davidson, tel que je me souviens de lui.

Je donnerais assurément beaucoup pour savoir... mais ce qui compte, c'est le résultat, je suppose.

Lorsque Davidson a retiré ses mains du pot, Brower a avancé les siennes pour s'en emparer. Au même moment, le visage de Davidson a été coloré par une sorte de chaleureuse camaraderie, il a saisi la main de Brower sur la table et lui a donné une vigoureuse poignée de main.

« Jeu époustouflant, Henry, vraiment époustouflant. Je ne crois pas avoir jamais... »

Brower l'a interrompu par un cri aigu aux accents féminins, un cri effrayant dans le silence déserté de la salle de jeu, et il a bondi en arrière. Jetons et argent sont tombés en cascade de tous côtés alors que la table vacillait et se renversait presque.

Nous étions tous pétrifiés par la tournure qu'avaient soudain prise les événements et quasi incapables de bouger. Brower s'est éloigné de la table en titubant, les mains tendues devant lui, telle une version masculine de Lady Macbeth. Il était pâle comme un mort et la terreur noire inscrite sur son visage était au-delà de tout ce que je pourrais décrire. J'ai senti une onde d'effroi me parcourir comme je n'en avais jamais ressenti avant ni depuis, même pas lorsque l'on m'avait apporté le télégramme annonçant la mort de Rosalie.

Puis il s'est mis à gémir. C'était une plainte horrible, sourde, cryptique, je me souviens d'avoir pensé : *Mon Dieu, cet homme est complètement fou* ; puis, il a crié une chose tout à fait étrange : « Le contact... j'ai laissé le contact sur la voiture... Ô mon Dieu, je suis tellement désolé ! » Et il a dégringolé quatre à quatre les escaliers vers l'entrée principale.

C'est moi qui ai réagi le premier. J'ai bondi de ma chaise et me suis lancé à sa poursuite, laissant Baker, Wilden et Davidson autour de l'énorme tas d'argent qu'avait gagné Brower. Ils ressemblaient à de graves statues incas montant la garde autour d'un trésor tribal.

La porte d'entrée battait encore d'avant en arrière et quand j'ai surgi dans la rue j'ai tout de suite aperçu Brower debout au bord du trottoir, attendant vainement un taxi. Quand il m'a vu il s'est recroquevillé d'une façon si misérable que je n'ai pu m'empêcher d'être étreint par un sentiment de pitié mêlé d'ébahissement.

« Hé, me suis-je écrié, attendez ! Je suis désolé de ce qu'a fait Davidson et je suis sûr qu'il n'était animé d'aucune mauvaise intention ; de toute façon, si vous devez partir à cause de cela, faites-le. Mais vous avez laissé une grosse somme d'argent et elle vous appartient. »

« Je n'aurais jamais dû venir, a-t-il gémi. Mais j'éprouvais un besoin de contacts humains tellement désespéré que je... je... »

Instinctivement, j'ai tendu la main pour le toucher – réaction la plus élémentaire d'un être humain envers un autre quand celui-ci est écrasé de chagrin – mais Brower a eu un mouvement de recul et il a hurlé :

« Ne me touchez pas ! Un, ce n'est donc pas assez ? Ô Seigneur, pourquoi ne puis-je pas tout simplement mourir ? »

Il a soudain porté un regard fiévreux sur un chien errant efflanqué, à la fourrure miteuse et pelée, qui remontait l'autre côté de la rue dans le petit matin désert. La langue du roquet pendait et il marchait en boitillant sur trois pattes, d'un air las. Il était sans doute en quête de poubelles à renverser et à fouiller.

« Ça pourrait être moi, là-bas, a remarqué Brower d'un air pensif, comme s'il se parlait à lui-même. Fui de tous, obligé de marcher seul et ne pouvant s'aventurer au-dehors que lorsque tout être vivant est bien à l'abri derrière ses portes verrouillées. Chien paria ! »

« Allons ! me suis-je écrié, un rien sévère, car de tels propos sonnaient d'une façon quelque peu mélodramatique. Vous avez subi un méchant choc et de toute évidence il vous est arrivé quelque chose qui a mis vos nerfs à vif, mais pendant la guerre j'ai assisté à des milliers de scènes qui... »

« Vous ne me croyez pas, n'est-ce pas ? Vous pensez que je suis en proie à une sorte d'hystérie, n'est-ce pas ? »

« Mon vieux, j'ignore totalement à quoi vous êtes en proie ou quelle est votre proie, mais ce dont je suis *sûr*, c'est que si nous restons ici, dans l'air humide de la nuit, nous allons tous les deux *attraper* la grippe. Alors, si vous vouliez bien retourner à l'intérieur avec moi – ne serait-ce que jusqu'au hall d'entrée, si vous préférez – je demanderais à Stevens de... »

Ses yeux étaient suffisamment fous pour me mettre extrêmement mal à l'aise. Ils ne recelaient plus la moindre lueur de bon sens et Brower me rappelait ces psychotiques traumatisés par les batailles que j'avais vu évacuer sur des brancards loin des lignes de front : écorces d'hommes gémissant et poussant des cris inarticulés, leurs effrayants yeux vides semblables à des nids-de-poule sur les chemins de l'enfer.

« Est-ce que ça vous intéresserait de voir comment un intouchable répond à un autre intouchable ? m'a-t-il demandé sans prêter la moindre attention à ce que je venais de dire. Alors, regardez et voyez ce que j'ai appris dans d'étranges ports d'escale ! »

Tout à coup, il a élevé la voix et s'est écrié avec autorité : « Chien ! »

Le chien a dressé la tête, l'a regardé en roulant des yeux méfiants (l'un étincelait d'une sauvagerie féroce ; l'autre était voilé par la cataracte), a soudain obliqué et, de mauvaise grâce, a traversé la rue en boitillant jusqu'à l'endroit où se trouvait Brower.

Il n'avait aucune envie de s'approcher ; ça, au moins, c'était évident. Il gémissait, grognait et serrait entre ses jambes le bout de ficelle pelée qui lui tenait lieu de queue ; il était néanmoins irrésistiblement attiré vers lui. Il est allé droit aux pieds de Brower, et il est resté là, couché sur le ventre, aplati, geignant et tremblant. Ses flancs décharnés se gonflaient et se dégonflaient comme un soufflet et son œil encore bon roulait horriblement dans son orbite.

Brower, avec un rire affreux et désespéré qui hante encore mes rêves, s'est accroupi près de lui.

« Voilà, a-t-il dit, vous voyez ? Il me reconnaît comme l'un des siens... et sait ce que je lui apporte ! »

Il a tendu la main vers le chien et le roquet a eu un grognement fort et lugubre. Il a montré les dents.

« Attention ! me suis-je écrié d'un ton sec. Il va vous mordre ! »

Brower ne m'a accordé aucune attention. Dans la lumière du réverbère son visage était livide, hideux, ses yeux semblables à des trous noirs brûlés dans du parchemin.

« Absurde, a-t-il gémi plaintivement, absurde. Je veux simplement lui serrer la main... comme votre ami me l'a serrée ! »

Tout à coup, il a attrapé la patte du chien et la lui a serrée. Le chien a poussé un horrible hurlement mais n'a pas fait un mouvement pour le mordre.

Brower s'est redressé vivement. Ses yeux semblaient s'être un peu éclaircis et, si l'on exceptait sa pâleur excessive, il aurait très bien pu être à nouveau l'homme qui, la nuit précédente, avait offert courtoisement d'être notre partenaire de jeu.

« À présent, je m'en vais, a-t-il dit calmement. Veuillez m'excuser auprès de vos amis et leur dire que je suis désolé de m'être comporté comme un imbécile. Peut-être aurai-je la chance de... me racheter une autre fois. »

« C'est nous qui vous devons des excuses, ai-je répondu. Au fait avez-vous oublié l'argent ? Il y a plus de mille dollars. »

« Ah oui ! l'argent ! »

Et sa bouche s'est arrondie en l'un des sourires les plus amers que j'aie jamais vus.

« Ne vous faites aucun souci, si vous allez dans le hall d'entrée, ai-je dit. Ou bien, si vous me promettez de ne pas bouger d'ici, je vous l'apporte. Vous êtes d'accord ? »

« Oui, a-t-il répondu. Si vous y tenez. (Il a regardé, pensif, le chien qui gémissait à ses pieds.) Peut-être aimerait-il me suivre jusque chez moi pour faire, une fois dans sa vie misérable, un repas digne de ce nom. »

Et le sourire amer a réapparu.

Alors, avant qu'il ne change d'avis, je l'ai quitté et suis descendu au sous-sol.

Quelqu'un, Jack Wilden sans doute – c'était un homme ordonné –, avait échangé les plaques pour des billets qu'il avait rangés en liasses soigneuses au centre du tapis vert. Aucun d'eux n'a prononcé un mot pendant que je les ramassais. Baker et Jack Wilden fumaient sans rien dire ; Jason Davidson baissait la tête et fixait ses pieds. Son visage exprimait la détresse et la honte. Comme je retournais vers l'escalier je lui ai effleuré l'épaule et il m'a regardé avec gratitude.

Quand je me suis retrouvé une nouvelle fois dans la rue, celle-ci était parfaitement déserte. Brower avait disparu. Je suis resté là, un paquet de billets de banque dans chaque main, me tournant en vain de tous côtés, mais il n'y avait âme qui vive. J'ai appelé une fois, à tout hasard, au cas où il se serait tenu dans l'ombre non loin de là, mais il n'y eut pas de réponse. Tout à coup, mon regard s'est posé sur le sol. Le chien errant était toujours là mais c'en était fini de son existence de fouilleur de poubelles. Il était mort et bien mort. Par colonnes, puces et tiques abandonnaient son corps. J'ai fait un bond en arrière, écœuré, et en même temps empli d'une terreur étrange, irréelle. J'ai eu l'intuition que je n'en avais pas encore fini avec Henry Brower, et celle-ci s'est vérifiée ; mais je ne l'ai jamais revu.

Le feu dans l'âtre avait agonisé en traînées rougeoyantes et le froid avait commencé à sortir de l'ombre, mais il n'y eut pas un mot ni un geste pendant que George allumait une nouvelle fois sa pipe. Il soupira, recroisa les jambes, faisant craquer ses vieilles jointures, et il reprit :

– Inutile de dire que tous les autres ayant participé au jeu étaient unanimes : nous devions trouver Brower et lui donner son argent. Je suppose que certains pourraient dire que nous étions idiots de penser ainsi, mais c'était une époque pleine d'honneur. Quand il est parti, Davidson avait une horrible peur au ventre ; j'ai tenté de le prendre à part pour lui dire un ou deux mots de réconfort, mais il a simplement hoché la tête et est sorti en traînant le pas. Je l'ai laissé partir. Il verrait tout cela d'un autre œil après une bonne nuit de sommeil et nous pourrions nous mettre ensemble à la recherche de Brower. Wilden s'absentait quelque temps et Baker était pris par une série d'activités sociales. Je pensais que ce serait un bon moyen pour Davidson de reprendre confiance en lui. Mais quand je suis passé par chez lui le lendemain matin, il n'était pas encore levé. J'aurais pu le réveiller, mais il était jeune et j'ai décidé de le laisser dormir le restant de la matinée pendant que je décortiquais quelques faits. J'ai d'abord appelé ici, et j'ai parlé au...

Il se tourna vers Stevens, et leva un sourcil.

– À mon grand-père, monsieur, rappela Stevens.

– Merci.

– Je vous en prie, monsieur, à votre service.

– J'ai parlé au grand-père de Stevens. En fait, je lui ai parlé à l'endroit précis où se tient à présent Stevens. Il m'a dit que Raymond Greer, un homme que je connaissais vaguement, avait dit du bien de Brower. Greer travaillait à la chambre de commerce de la ville et je me suis immédiatement rendu à son bureau dans le Flatiron Building. Il était là et m'a reçu sur-le-champ. Quand je lui ai raconté ce qui s'était produit la nuit précédente, une expression faite à la fois de pitié, d'angoisse et de frayeur a assombri son visage.

« Pauvre vieil Henry ! s'est-il exclamé. Je savais que ça devait arriver, mais je n'aurais jamais cru que ce serait si rapide. »

« Quoi ? » ai-je demandé.

« Sa dépression, a répondu Greer. Tout a commencé durant son année à Bombay et je crois que personne mis à part Henry ne connaîtra jamais toute l'histoire. Mais je vais vous raconter ce que j'en sais. »

Ce que Greer m'a raconté ce jour-là dans son bureau a accru à la fois ma sympathie et ma compréhension. J'ai appris que Henry Brower avait été malencontreusement impliqué dans une réelle tragédie. Et comme dans toute tragédie classique, elle était née d'un défaut aux conséquences fatales : dans le cas de Brower, la négligence.

En tant que membre du groupe d'études sur les échanges commerciaux à Bombay, il avait bénéficié de l'utilisation d'une voiture, privilège rare là-bas. Greer m'a dit que Brower prenait un plaisir quasi puéril à la conduire à travers les rues étroites et les ruelles de la ville, effrayant les troupes caquetantes de poulets et faisant tomber à genoux hommes et femmes pour des suppliques à leurs dieux païens. Il allait partout avec, attirant l'attention de tous et provoquant d'énormes rassemblements d'enfants en haillons qui le suivaient mais reculaient dès qu'il offrait de faire un tour dans ce merveilleux engin, ce qu'il ne manquait jamais de proposer. C'était une Ford A commerciale, et l'une des toutes premières voitures que l'on pouvait faire démarrer soit à la manivelle, soit en appuyant sur un bouton. N'oubliez surtout pas ce détail.

Un jour, Brower s'est rendu en voiture très loin à l'autre bout de la ville pour rencontrer un des grands pontes de l'endroit au sujet d'une éventuelle grosse commande de fil de jute. La Ford, grondant et pétaradant à travers les rues, avec le bruit d'un barrage d'artillerie au cœur de la bataille, attira l'attention habituelle et, bien entendu, des cohortes d'enfants la suivaient.

Brower devait dîner avec le patron de la manufacture, repas très formel et cérémonieux, et, installés sur une terrasse en plein air surplombant la rue grouillante, ils avaient à peine entamé le second plat quand le grondement familier, tapageur et hoquetant du moteur a retenti dans la rue, au milieu de hurlements et de cris aigus.

L'un des gamins les plus hardis – le fils d'un obscur saint homme – s'était hissé dans la voiture, convaincu que le dragon, quel qu'il soit, logé sous le capot de fer, ne pouvait pas être éveillé si l'homme blanc n'était pas au volant. Et Brower, absorbé par les proches négociations, avait laissé le contact.

On peut imaginer le gosse de plus en plus audacieux devant ses petits camarades, tripotant le rétroviseur, agitant le volant et imitant les bruits du klaxon. Chaque fois qu'il faisait un pied de nez au dragon logé sous le capot, il devait voir sur le visage des autres s'amplifier la crainte respectueuse.

Son pied avait dû enfoncer la pédale d'embrayage, peut-être pour prendre appui, au moment où il avait poussé le starter. Le moteur était chaud ; il avait démarré immédiatement. Dans sa terreur extrême, l'enfant avait dû réagir en retirant immédiatement le pied de la pédale, prêt à sauter dehors. Si la voiture avait été plus vieille ou en moins bon état, elle aurait calé. Mais Brower l'entretenait avec un soin scrupuleux et elle s'était mise à avancer, hoquetante et vrombissante. Brower s'était rué hors de la maison du fabricant juste à temps pour voir cela.

L'erreur fatale du gamin n'avait guère dû être plus qu'un accident. Peut-être dans ses efforts désespérés pour sortir avait-il heurté du coude le levier de vitesses. Peut-être l'avait-il tiré avec l'espoir éperdu que l'homme blanc jugulait ainsi le dragon pour l'endormir. Quoi qu'il en soit, c'était arrivé... c'était arrivé. L'auto avait pris une vitesse folle et avait dévalé la rue populeuse, grouillante, rebondissant sur balles et ballots, écrasant les cages d'osier du marchand d'animaux, mettant en miettes une charrette de fleurs. Elle avait foncé en rugissant le long de la pente vers le virage du bout de la rue, avait fait une embardée dans la courbe, s'était écrasée contre un mur de pierre et avait explosé en une boule de feu.

George fit passer sa pipe de bruyère d'un côté à l'autre de sa bouche.

– C'est tout ce qu'avait pu me dire Greer car c'est tout ce que Brower lui avait raconté d'un peu cohérent. Le reste était une sorte de discours confus sur la folie qu'il y avait à vouloir mêler deux cultures aussi différentes. Le père de l'enfant mort s'était bien sûr dressé face à Brower avant qu'il ne soit rappelé et lui avait jeté un cadavre de poulet à la figure. C'était une malédiction. Arrivé à ce point de son récit, Greer m'avait adressé un sourire qui signifiait que nous étions tous deux hommes du monde, avait allumé une cigarette et avait observé : « On parle toujours de malédiction dans ce genre d'affaire. Les misérables païens doivent à tout prix sauver les apparences. C'est une question de survie. »

« Quelle est la malédiction ? » avais-je demandé.

« Je pensais que vous l'auriez deviné, avait répondu Greer. Le père du garçonnet avait dit à Brower qu'un homme qui exerçait la sorcellerie sur un petit enfant ne méritait que le sort de paria, de hors-caste. Puis il avait ajouté que tout être vivant qu'il toucherait de sa main mourrait. Dans les siècles des siècles, amen », avait ricané Greer.

– Brower y a cru ?

– Greer pensait que oui. « N'oubliez pas que cet homme venait de subir un choc terrible. Et à présent, d'après ce que vous me dites, son obsession, loin de s'atténuer, s'est plutôt aggravée. »

« Pouvez-vous me donner son adresse ? »

Greer avait cherché dans ses dossiers et avait fini par en tirer une fiche.

« Je ne garantis pas que vous le trouverez là, avait-il ajouté. Bien entendu les gens se sont montrés réticents pour l'embaucher et je crois savoir qu'il ne roule pas sur l'or. »

En entendant ceci, je me suis senti envahi par la culpabilité. Greer me semblait un peu trop pompeux et un peu trop suffisant pour mériter d'entendre le peu que je savais sur Henry Brower. Mais, au moment de partir, quelque chose m'a poussé à dire :

« J'ai vu Henry Brower serrer la patte à un cabot errant la nuit dernière. Un quart d'heure plus tard le chien était mort. »

« Vraiment ? Comme c'est intéressant ! » s'est-il exclamé en soulevant les sourcils, comme si ma remarque n'avait eu aucun rapport avec tout ce dont nous venions de parler.

Je me suis levé pour partir et m'apprêtais à serrer la main de Greer quand sa secrétaire a ouvert la porte du bureau.

« Je vous prie de m'excuser, vous êtes bien M. Gregson ? »

J'ai acquiescé.

« Un certain Baker vient tout juste d'appeler. Il vous demande de vous rendre immédiatement au 23 de la 19e Rue. »

J'ai eu un tressaillement de peur car une fois déjà ce jour-là j'étais allé là-bas... C'était l'adresse de Jason Davidson. Quand j'ai quitté le bureau de Greer il était en train de reprendre sa pipe et le *Wall Street Journal*. Je ne l'ai jamais revu et ne considère pas cela comme une grosse perte. J'étais empli d'une appréhension bien particulière... une de celles qui ne se cristallisent cependant pas entièrement en une vraie peur avec un objet bien déterminé, parce que celui-ci est trop horrible, trop incroyable pour qu'on ose l'envisager vraiment.

J'interrompis ici son récit :

– Doux Jésus, George ! vous n'allez pas nous dire qu'il était mort ?

– Bel et bien mort, confirma George. Je suis arrivé presque en même temps que le médecin légiste. Sa mort était mise sur le compte d'une thrombose coronaire. Il aurait fêté son vingt-troisième anniversaire seize jours plus tard.

Les jours suivants, j'ai essayé de me convaincre qu'il ne s'agissait que d'une tragique coïncidence et qu'il valait mieux ne plus y penser. Je ne parvenais pas à dormir, même avec l'aide de mon fidèle ami M. Cutty Sark. J'ai essayé de me convaincre qu'il ne nous restait plus qu'à partager entre nous trois l'argent du pot de cette nuit-là et à oublier jusqu'à l'irruption même de Henry Brower dans notre vie. Mais je n'y suis pas parvenu. Au lieu de cela j'ai fait émettre un chèque au porteur du montant de la somme en question et me suis rendu à l'adresse que m'avait indiquée Greer, à Harlem.

Il n'était pas là. L'adresse laissée pour la réexpédition de son courrier était celle d'un appartement de l'East Side, dans un quartier un peu moins prospère mais néanmoins bâti de maisons de grès. Il avait quitté ce logement un bon mois avant la partie de poker et la nouvelle adresse était dans l'East Village, une zone de taudis.

Le gardien de l'immeuble, un homme maigre flanqué d'un énorme molosse noir qui grondait à ses pieds, m'apprit que Brower avait déménagé le 3 avril, le lendemain de notre partie. Je lui demandai son adresse ; il rejeta la tête en arrière et poussa un gloussement criard qui lui tenait apparemment lieu de rire.

« La seule adresse qu'y donnent quand y part' d'ici c'est l'enfer, chef. Mais quèqu' fois en ch'min y s'arrêtent d'abord au Bowery. »

Le Bowery était vraiment en ce temps-là ce que seuls les étrangers à la ville imaginent qu'il est aujourd'hui : l'abri des sans-abri, le dernier arrêt d'hommes sans visage pour qui seules comptent encore une autre bouteille de mauvais vin ou une autre ligne de cette poudre blanche qui provoque de longs rêves. J'y suis allé. À cette époque il y avait des dizaines d'hôtels borgnes, quelques missions de bienfaisance accueillant pour la nuit les ivrognes et des centaines de ruelles où cacher un vieux matelas infesté de poux. J'ai vu une foule d'hommes, dont il ne restait guère plus que l'enveloppe, rongés par la boisson et la drogue. On ne connaissait ni n'employait aucun nom. Lorsqu'un homme a touché le fond, le foie miné par l'alcool de bois, une plaie ouverte et suppurante en guise de nez à force de sniffer de la cocaïne et de la potasse, les doigts rongés par le gel, les dents pourries dont il ne reste que des chicots noirs, il n'a plus besoin d'un nom. Mais j'ai décrit, sans succès, Henry Brower à tous ceux que j'ai rencontrés. Les tenanciers de bar secouaient la tête et haussaient les épaules. Les autres fixaient le sol et poursuivaient leur chemin.

Je ne l'ai pas trouvé ce jour-là, ni le lendemain ni le surlendemain. Au bout de deux semaines, j'ai parlé à un homme qui m'a dit qu'un type comme ça avait logé au Devarney's Rooms trois nuits plus tôt.

Je m'y suis rendu ; ça n'était qu'à deux pâtés de maisons de la zone que j'avais explorée. L'homme assis à la réception était un vieillard bourru, au crâne chauve et pelé et aux yeux chassieux et luisants. Sur la fenêtre maculée de chiures de mouches qui donnait sur la rue, un panneau annonçait des chambres à dix cents la nuit. Tout le temps où je lui ai décrit Brower, le vieil homme a hoché la tête. Quand j'ai eu fini, il a dit :

« J' le connais, jeune meûssieur. J' le connais bien. Mais j' peux pas m' rapp'ler... J'ai les idées bien p'us nettes avec un dollar d'vant les yeux. »

J'ai sorti un dollar et il l'a fait disparaître en un tour de main, en dépit de son rhumatisme articulaire.

« Il était ici, jeune meûssieur, mais il est parti. »

« Savez-vous où ? »

« J' m'en rappel' pas bien, a-t-il répondu. J' pourrais p't'-être bien pourtant avec un aut' dollar d'vant les yeux. »

J'ai sorti un second billet qu'il a fait disparaître aussi vivement que le premier. Sur ce, quelque chose de délicieusement drôle a semblé le frapper et une toux rauque et tuberculeuse s'est arrachée de sa poitrine.

« Vous vous êtes bien diverti, ai-je dit, et vous en avez tiré un bon prix. À présent savez-vous où se trouve cet homme ? »

Le vieil homme a éclaté d'un nouveau rire joyeux.

« Oui... Potter's Field est sa nouvelle résidence ; l'éternité est la longueur de son bail ; et le diable son compagnon de chambre. Qu'est-ce que vous dites de ça, jeune meûssieur ? Il a dû mourir hier matin car quand je l'ai trouvé à midi, il était encore chaud et craquant. Assis droit comme un piquet près d' la f'nêtre, qu'il était. J'étais monté pour qu'y m' donne ses dix cents pour la nuit ou lui assigner la porte. En fait, c'est la ville qui lui a assigné deux mètres de terre. »

Cette dernière réflexion a provoqué un nouvel accès de joie sénile.

« Avez-vous remarqué quelque chose d'inhabituel ? ai-je demandé, sans oser m'interroger sur le sens de ma propre question. Quelque chose d'extraordinaire ? »

« J' pens' que j' me souviens d' quèqu' chose... voyons voir... »

J'ai sorti un dollar pour l'aider à retrouver la mémoire, mais cette fois celui-ci n'a suscité aucun rire, même s'il a disparu avec la même célérité.

« Oui, y avait quèqu' chose de vraiment bizarre, a dit le vieillard. J'ai assez souvent appelé pour eux le corbillard de la ville pour savoir. Seigneur Jésus, si j' lai app'lé souvent ! J' les ai trouvés suspendus au portemanteau d' la porte, j' les ai trouvés raides dans leur lit, j' les ai trouvés sur l'escalier de secours en janvier, une bouteille entre les genoux, gelés et aussi bleus que l'Atlantique. J'ai même trouvé un mec qui s'était noyé dans le lavabo, encore que ça remonte à plus de trente ans. Mais ce type, assis droit comme un piquet dans son costume marron, comme un aristo des beaux quartiers, avec ses cheveux bien peignés. L'avait attrapé son poignet droit avec sa main gauche, voilà c' qu'il avait fait. J'en ai vu de toutes sortes, mais c'est l' seul qu' j'aie jamais vu mourir en se serrant lui-même la main. »

Je suis parti et j'ai marché jusqu'aux docks ; les derniers mots du vieil homme semblaient passer et repasser sans cesse dans ma tête comme un disque rayé. *C'est l' seul qu' j'aie jamais vu mourir en se serrant lui-même la main.*

J'ai marché jusqu'au bout d'un des quais, à l'endroit où l'eau grise et sale vient lécher les piliers encroûtés. Et là, j'ai déchiré en mille morceaux le chèque au porteur et l'ai jeté dans l'eau.

George Gregson bougea et se racla la gorge. Le feu avait agonisé et il n'en restait plus que des braises hésitantes ; le froid envahissait la salle de jeu déserte. Les tables et les chaises semblaient fantomatiques et irréelles, comme des meubles aperçus dans un rêve où se mêlent passé et présent. Les flammes soulignaient d'une sombre lueur orange les lettres gravées sur la clé de voûte de la cheminée : C'EST LE RÉCIT, PAS LE RÉCITANT QUI RACONTE.

– Je ne l'ai vu qu'une seule fois et une fois a suffi ; je n'ai jamais oublié. Mais cette histoire m'a permis de sortir de ma propre période d'affliction car celui qui bénéficie de la présence de ses frères humains n'est pas complètement seul.

– Si vous vouliez bien m'apporter mon manteau, Stevens, je crois que je trottinerais jusque chez moi ; je me suis attardé bien après mon heure de coucher habituelle.

Quand Stevens le lui eut apporté, George sourit et désigna un petit grain de beauté juste en dessous du coin gauche de la bouche de celui-ci.

– La ressemblance est vraiment remarquable, vous savez ; votre grand-père avait un grain de beauté exactement au même endroit.

Stevens sourit mais ne répondit pas. George sortit et peu après, nous en fîmes tous autant.

DANS LA MÊME COLLECTION

Howard P. Lovecraft
Les Autres Dieux

Arthur Machen
Le grand dieu Pan

Félicien Marceau
Le voyage de noce de Figaro*

Guy de Maupassant
Le Horla
Boule de Suif
Une partie de campagne
La maison Tellier

Prosper Mérimée
Carmen

Molière
Dom Juan

Alberto Moravia
Le mépris*

Alfred de Musset
Les caprices de Marianne

Gérard de Nerval
Aurélia

Ovide
L'art d'aimer

Charles Perrault
Contes de ma mère l'Oye

Platon
Le banquet

Edgar Allan Poe
Double assassinat dans la rue Morgue

Alexandre Pouchkine
La fille du capitaine
La dame de pique

Ellery Queen
Le char de Phaéton
La course au trésor

Raymond Radiguet
Le diable au corps

Jean Ray
Harry Dickson
- Le châtiment des Foyle
- Les étoiles de la mort
- Le fauteuil 27
- La terrible nuit du zoo*

Jules Renard
Poil de Carotte

Arthur Rimbaud
Le bateau ivre

George Sand
La mare au diable

Erich Segal
Love Story

William Shakespeare
Roméo et Juliette
Hamlet

Sophocle
Œdipe roi

Robert Louis Stevenson
Olalla des Montagnes

Léon Tolstoï
Hadji Mourad*

Ivan Tourgueniev
Premier amour

Henri Troyat
La neige en deuil
Le geste d'Eve
La pierre, la feuille et les ciseaux

Albert t'Serstevens
L'or du Cristobal
Taïa*

Paul Verlaine
Poèmes saturniens
suivi des Fêtes galantes

Jules Verne
Les cinq cents millions de la Bégum
Les forceurs de blocus

Voltaire
Candide
Zadig ou la Destinée

Emile Zola
La mort d'Olivier Bécaille

** Titres à paraître*

Achevé d'imprimer en Europe
à Pössneck (Thuringe, Allemagne)
en septembre 1995
pour le compte de EJL
27, rue Cassette 75006 Paris

Dépôt légal septembre 1995
1er dépôt légal dans la collection novembre 1994

Diffusion France et étranger
Flammarion